飞行记

陈正飞 Andy 著

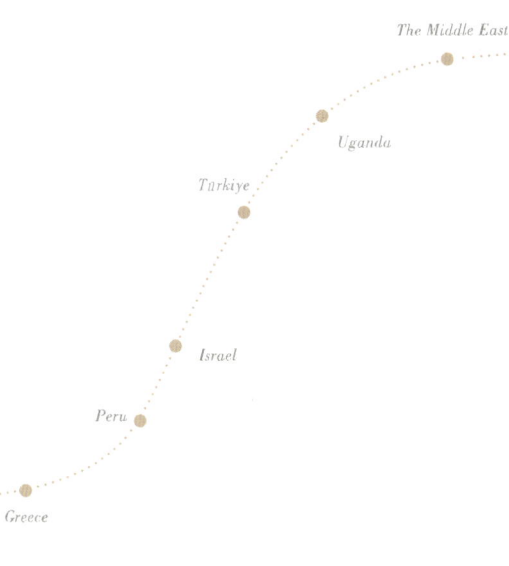

Tanzania
Mexico
Greece
Peru
Israel
Türkiye
Uganda
The Middle East
Ethiopia

天津出版传媒集团
天津人民出版社

图书在版编目（CIP）数据

飞行记/陈正飞著.-- 天津：天津人民出版社，2023.7
ISBN 978-7-201-19287-1

Ⅰ.①飞… Ⅱ.①陈… Ⅲ.①散文集–中国–当代 Ⅳ.① I267

中国国家版本馆 CIP 数据核字 (2023) 第 061144 号

飞行记
FEIXING JI

出　　版	天津人民出版社
出 版 人	刘　庆
地　　址	天津市和平区西康路 35 号康岳大厦
邮政编码	300051
邮购电话	（022）23332469
电子信箱	reader@tjrmcbs.com

责任编辑　王　琤
特约编辑　杨　蕊
装帧设计　明轩文化 · 王　烨

印　　刷	天津市银博印刷集团有限公司
经　　销	新华书店
开　　本	880 毫米 ×1230 毫米　1/32
印　　张	7.75
插　　页	2
字　　数	180 千字
版次印次	2023 年 7 月第 1 版 2023 年 7 月第 1 次印刷
定　　价	68.00 元

版权所有　侵权必究
图书如出现印装质量问题，请致电联系调换（022－23332469）

—— 献给 JHSW ——

请和阿飞一起飞行

阿飞是个想法很多的人，正如他自己写的序说的，他喜欢思考，不停地思考，思考这个、思考那个。身为朋友，我常常都会觉得，他实在是想得太多了，有时候我会说他：想这些有什么用啦！但是后来我长大了，我想，也许想的太多总比脑袋空空什么都不想好啊，我也就不说他了。

他总是有一种优雅傍身。认识他多年，我想不起来看过他失控，或是任何放纵的时刻。他随时保持优雅且得体，我想这也许来自他良好的家教，又或许他对自己的要求高，更可能是因为他总是想太多。他是个自律而且永远都有计划的人。比如说，他常常会担心如果自己一整天都没事干要怎么办。相比来看，如果我今天没有工作安排，我大概就会什么也不干，睡到自然醒，然后瘫在沙发上一整天不出门。但阿飞不同，他永远给自己安排得明明白白，比如上午 9 点起床、10 点吃早餐，下午 2 点健身、4:40 去书店、5:30 写日记，晚上 8 点看电影，诸如此类，他不会浪费一分一秒。他永远在前行的路上，仿佛一天都"瘫"在沙发上看电视就是罪，仿佛在说这样做就是白白浪费掉生命中美好的一天啊……

他还是个挺严谨的人，你能从他写的这本书里看到他反复琢磨、精雕细琢的文字，看到他对这本书的用心。和阿飞认识 20 多年了，但我却第一次从这本书里重新认识他。他的文字出奇的细腻，而且很有画面感。从他的角度看出去的世界很丰富，甚至有点认真，并且充满了趣味。如果能够挑选一起去旅行的朋友，他永远会是我的第一人选。

我想，能够独自旅行的人，内心总有一种强大。阿飞在他自己的世界里自由飞行，在他自己的心里自在飞行。

我也向往着那样的飞行。希望读到这本书的你们，也能在阿飞的游记里飞行。

陈乔恩
2023 年 2 月

为 Andy 打 CALL

第一次见 Andy 是在朋友的聚会上，那一次他坐在我边上，和我聊起斐济之旅。虽然我没去过斐济，可是从他的描述里，我仿佛能听到海水的声音，置身于同当地人共舞的场景，看见野生海豚跃出海面的精彩瞬间，甚至能够感受到他坐在出海小船上所感受到的颠簸。当时我就和他说，应该把这些经历写成一本书，把世界都装到书中，让更多的人从书中去看世界，和他一样，在旅行中去寻找生活的答案。

不管在哪，我都会把漫步变成我了解一座城市的一种方式。读 Andy 的文字就像漫步，在一座城市里漫步，有时候并非纯粹为了消磨时间，这也是一种重

拾好时光的铺陈艺术。希望你和我一样，读他的文字，也能久违地听到岁月对我们温柔的喁喁细语声。

Shawn Ong 《悦游杂志》
编辑总监

自 序

我一直沉浸在一些没有结果的思考里，从美国加州到中国台北，从台北再到北京，一年、两年、三年、十年……

循环往复，不得解脱。

乃至开始这本游记的创作时，依然有许许多多的问题困扰着我，庆幸的是旅途从未结束，当然思考也没有停止。

从头开始说起，这场旅程起始于2012年的春节，我回到台北，在除夕前夜一个人登上了前往非洲的航班。很多细节都已经忘却，唯独父母亲戚那些或不理解，或担忧的眼神历历在目。

我习惯性地去放大一些微不足道的东西，就像我总抓着生命里的细枝末节刨根究底。那些不重要的问题并不能给我的人生添几分光彩，可我一直执着于答案，我明白这些问题在很大程度上来说永远不会有结果,然而思想并不是那么容易被管束的。

后来,我养成了一个"古怪"的习惯——写日记。

我的日记与大多数人不同,每日、每篇并没有完整的事件,即便是在旅程中,我会遗忘我在哪个地方、会遗忘酒馆的名字,但是我一定会在日记本写下在某个餐厅遇到的阿拉伯客人,拥有一顶漂亮的帽子。

也依托于我的日记,在创作这本书的时候,那些细枝末节总能将我拉扯回过往的旅程中。以如今的眼界、阅历来看待之前发生的事情,我相信总能找到不一样的精彩与美丽。

这就是我创作这本书的初衷,时间凝固太久,我需要完成一场自救,不管是思维习惯还是工作方式。我要离开曾经的禁锢,与过往的自己对话。类似的事情还发生在2012年春节,开头提到过的那场旅程也始于一场自救。

说起来那是除了我坚定自己的音乐梦想外,为数不多的叛逆。我给父母的理由是非洲那边有工作安排,而真正的原因则是生活的混沌与迷茫快要将我吞没。我只能寄希望于在旅行中去寻找一些答案,也正是从这次开始,每年我都要踏上旅途,这是独属于我的沉淀之路。

受疫情影响,2020年我有太多的时间一个人闷在家里。

关于职业发展、人生追求，有太多的问题困扰着我，当然还有周围的朋友近几年陆续步入婚姻，我有太多疑惑，困于这间孤独的居所。

我翻看着过往的日记，感受到了一些奇异的能量正在酝酿，蓬勃的创作欲在我心里蠢蠢欲动。但真正开始动笔是在2021年春天，近乎偏执的完美主义让这本书看起来一点也不随性，我将初稿十余万字的内容修修改改、删删减减，才得到这本令我尚感满意的作品。

值得庆幸的是，我有了很多时间，可以安静地去打磨这本书。它记录了我2012—2019年的见闻，从某种角度来说，也能代表那个时间段的我，以及我对某些问题的思考。它于我而言是一种交待，当然我也期待着这本书能给予更多朋友一点点帮助或者启发，如果真的可以给一些人带来零星思考，也是一桩美事。

~ 感谢 ~

目　录
CONTENTS

第一站
坦桑尼亚　001
Tanzania

第二站
以色列　051
Israel

第三站
墨西哥　089
Mexico

第四站
土耳其　107
Türkiye

第五站
秘鲁　133
Peru

第六站
乌干达　151
Uganda

第七站
希腊　171
Greece

第八站
中东　191
The Middle East

第九站
埃塞俄比亚　217
Ethiopia

后记　233

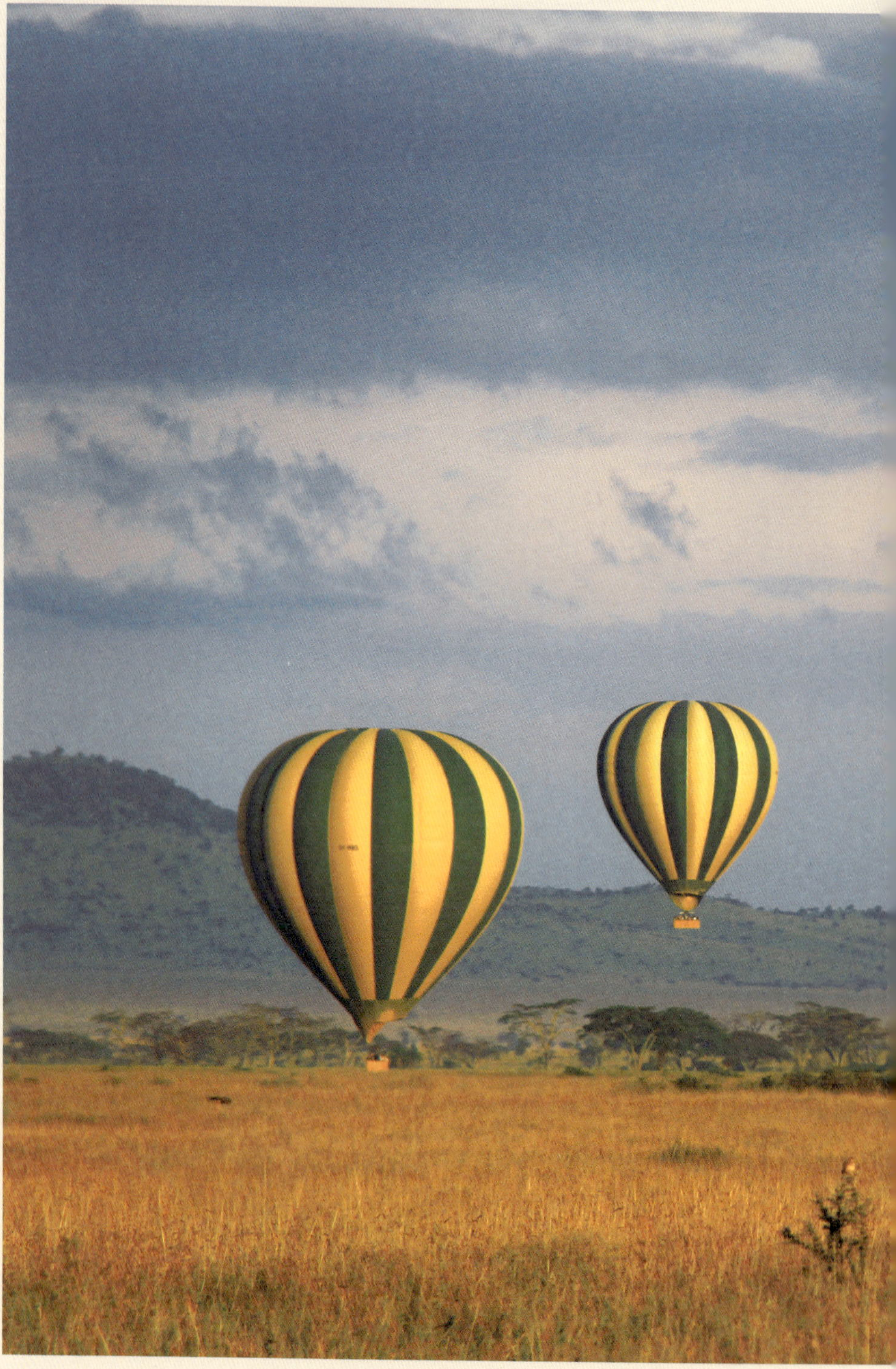

no.1 *Tanzania*

第一站・坦桑尼亚

我不想谋生，我想生活

一直以来，我是一个被工作撵着跑的人，直到……

当然，在大多数人眼中我一直坚定地追逐梦想，在自己热爱的事业里发光发热，还有不菲的收入。

我曾与朱珠搭档主持过一档名为《天籁村》的音乐节目，这档节目在许多"80后""90后"的记忆中应该有过一笔，我非常荣幸能主持这样一个节目。

我理应感到快乐，然而事实并非如此。

在北京生活的近十年里，我的个人时间被无限压缩，每天被划分成一个又一个的格子，而格子里塞满了各式各样的通告。今天上午10点是哪个活动的主持，明天下午2点是哪个节目的嘉宾……

我觉得自己活得就像北京地铁,哪个时间到哪个站点,从未晚点。值得庆幸的是,这份敬业给我带来了更多的工作机会,如之前所说,我是一个被工作撑着跑的人。

真正开始反思是因为一场采访,嘉宾是我喜欢了很久的周杰伦。我按照提前准备的采访稿提问,恪守成规。杰伦是个话很少的人,可是当我们聊及音乐的时候,他开始滔滔不绝,对音乐的理解和热爱汇聚成一片扑面而来的热浪,让我备受感动。

回去以后,我购置了大量唱片。因为在最初的最初,我也是那样热爱音乐。

我的家里有很好的音响,也有玩音乐的设备。可是我发现,原本温情的歌在我耳朵里却变得刺耳,而呐喊的摇滚更是变得怪诞,我好像失去了对音乐的理解,甚至失去了感受音乐的能力。

直到我听到了《旅行的意义》,是陈绮贞小姐的歌,或许很多人都听过,但我敢说大多数人都没有我感受深刻。

也是在这种无助的境地下遇到这首歌才让我放声呐喊——我不要谋生,我要生活!

2012年,我飞回台北过年,同时我提前打好了黄热病活疫苗,订好了前往坦桑尼亚的机票。

我经常在犹豫中退缩，而这一次，我绝不给自己退缩的机会。

出发前夕

春节的台北和北京没什么不同，家家户户亮着团聚的灯，装点着寂静的夜。我没有与什么人寒暄，只是一个人安静地待着，思考我的非洲之行，我希望在一个合适的时刻向父母提出这件事。

在飞回台北前，我几乎做好了一切准备，疫苗、签证、机票，可是现在我却不知道该怎么向父母说起。

"要不还是算了。"我听到自己内心的声音，其实在春节假期里多陪陪父母没什么不好。

我内心忐忑，总觉得自己要做什么对不起他们的事情，其实到头来只是一场旅行而已，无所谓对不起谁，说来说去只是自己内心在害怕一个完全陌生的地方。

在此之前，我对非洲全部的印象只停留在《世界地理》杂志上，还有《动物世界》纪录片中。我想象中的非洲拥有宽阔的山脉与浩渺的草原，还有奔跑的角马和凶狠的狮子，当然最深刻的印象还是非洲的小孩子没饭吃。

这种刻板印象来自我的童年。

还是记忆里的老房子，那时候我一碗饭经常要吃一个小时以上，母亲就会很不耐烦地吓唬我。

"如果不乖乖吃饭，就把你丢到非洲去，和那里的小朋友一样没有吃穿。"

她为了恐吓我，还会主动搜寻一些非洲小孩的照片。我每次都会被照片上小孩瘦骨嶙峋的模样吓到，当时的想法很朴实——永远不要被丢到非洲去。

好笑的是，现在我自己要到非洲去。

眼见年夜饭吃得差不多了……

"我要去非洲。"我的视线扫过餐桌上的每一个人，大家脸上都是诧异的神色，"今天晚上的航班，已经打好疫苗了。"

"为什么是除夕夜，工作有那么着急吗？"母亲皱眉道，"我们见面到现在还不够五小时。"

我正要回答，一下望进父亲沉冷的目光中，就像一颗黑色的宝石压在了刚刚喧闹的红色缎面上，我咽下原本要说的话，改了说辞，"是的，那边临时有个活动。"

"去吧，年轻人事业为主。"父亲将自己的筷子伸向一盘油爆虾，台面上又恢复了喜庆。

　　我回到房间收拾行李，外面客厅又响起了稀稀拉拉搓麻将的声音。我沉浸在自己的世界，认真挑选帽子、衬衫，思考自己要在怎样的天气下、怎样的土地上，穿着怎样颜色的布料，观望着怎样熙攘的人群。

　　行李箱里还有两本我为旅行准备的书，我将护照还有疫苗证书放到包包的内侧。现在，我只希望我会有一个愉快的旅程。

　　很快，我拉着行李箱出门，拦了一辆出租车直达机场。机场的人比想象中多，登机非常顺利，那股纠结退缩的情绪罕见地没有出来捣乱。

　　飞机缓缓向上攀升，到能看到大半个台北的高度，时间正好转到了大年初一，烟花如梦如幻，与笼罩一切、广袤浩瀚的深蓝色夜空形成鲜明对比。

　　像是把人塞进了罐头里，在飞机上看烟花却是毫无美感的。

　　"妈妈！快看！"坐在我旁边的小朋友叫喊道，"烟花，好漂亮！"

　　我回过头望向小朋友，他的眼睛里闪烁着灿烂的烟花，比从狭小的窗户看到的更美，他笑着望向我，"大哥哥，烟花好看吗？"

"好看！"我跟着一起笑。春节的航班上几乎都是携家带眷的旅客，只有我孤身一人。我想起在好久之前，也有朋友邀请我一起旅行，我总是因为工作太忙，回复"再看吧"，于是看着看着就不了了之，而那些朋友也再没对我提出过邀约。就这样，我理所当然地成为一个"独"的人。

烟花声早就离飞机远去，我在空中透过小窗往下望去，整个台北变成了一盏昏暗的灯，幽冷的光线照不亮方寸。

如果人生只是忙忙碌碌，最后就是在巨大的压力里麻木，那我希望即将到达的坦桑尼亚是我生命里闪烁的星，它不需要多明亮，只要能证明曾经我也热爱自己的浪漫灵魂，足矣。

初临坦桑尼亚

在飞机落地以前，我脑子里盘桓的都是逃开的想法。对陌生地方的恐惧在没有手机信号的高空被放大了无数倍，彼时的坦桑尼亚也许是《动物世界》和《地理杂志》的宠儿，

寻找猎物的吉普车队

但绝对不是什么热门景点。

  我没带什么拍摄设备，只有一个小行李箱，在无数健壮的黑人、白人间显得单薄可怜，好在我请朋友帮忙联系的非洲向导 Wilson 是一个极靠谱的人。

  他驾驶着一辆黑色吉普车驶入机场，拯救了我。这一点儿也不夸张，这个几乎没有什么现代化设施的小机场，连服务台都显得窘迫，飞机提前到达，我只能坐在游客区局促地翻着书页。

我拉着行李往他的吉普车走去，他利落地跳下车，同我打招呼："Andy？"

"是我，你是Wilson？"

他点点头，伸手来接我的行李箱，笑着问我："飞机早落地了？"

"是的。"

他将行李整齐地码在了一起，然后又跑到机场的商店，搬来了几大箱矿泉水，放进后备箱。

坦桑尼亚相较于非洲大陆其他国家，完全可以说是雨水充沛的宝地，宽广的草原不仅滋养着许多部落，还哺育了数不清的动物。

这场旅行没有主题、没有拍摄任务，我只需要完全投入，全身心地享受即可。车子启动，景色开始倒退，我坐在后座，面对不熟悉的人我总是习惯性地找一些遮挡物——帽子、墨镜，哪怕是咖啡杯，我害怕没有距离的接触。

幸好Wilson也不是过于热情。

到目前为止，我看到的其实与别的城市没有什么太大的区别，如果一定要说，那便是楼层矮一点、招牌旧一点，这里一样有 24 小时便利店，一样有大片大片的咖啡厅。

坦桑尼亚作为旅游国家已稍具雏形，听 Wilson 说坦桑尼亚政府一直在大力发展旅游业，希望以此能带动这里的经济发展。

车子从公路拐上了飞扬着尘土的黄色土地，两旁枯枝交错，格外荒芜。忽然，我看到一群身着色彩鲜艳服饰的妇女顶着竹筐缓慢行走。我曾在杂志中看到过解释，非洲妇女习惯用自己的头顶着重物，而这种行为其实延承了近千年。最早还没有那么多工具的时候，大家都是用头去顶着重物，后来东西越来越重，体格没那么健壮的人开始琢磨起制作工具，自此人类走向了工具时代。

后来欲望得不到满足，建造的东西越来越大，从石头房子到巍峨的宫殿，人类在欲望与逼迫中前行，从古至今，说不清哪种行为方式更加高级。

车子再次转入公路，与一辆校车擦肩而过，车旁还有许多穿着制服的学生结伴而行，他们在一起说说笑笑，是我听不懂的语言。车窗外是明晃晃的烈日，带着墨镜也能感觉到阳光在焦躁地乱舞，我一点儿也笑不出来。

这个地方，没有我想象中的困苦，也不像各种国际救援组织描述的那样贫穷，这原本是好事，可我却觉得万分失望。

沙滩上的妇女们

　　没有那么多冠冕堂皇的借口，我期待的是从别人的苦难中汲取正面的力量。当这种期待没有被满足时，我的内心便涌起了一股自厌感。

　　这是何等卑劣，他们不够穷苦，他们不用担忧吃穿，而且他们比我幸福，相比之下，我那些纤弱敏感的情绪显得格外可笑。

糖果

车子停在了一家大型便利店门口。Wilson 告诉我,这个地方叫阿鲁沙(Arusha),是坦桑尼亚的第三大城市。因为地处塞伦盖蒂平原、恩戈罗恩戈罗大草原周围,所以很多前往大草原的游客都会先在这里买些补给品。

Wilson 是个很好的向导,到目前为止挑不出一点毛病。他穿梭在货架间,搬运着食物等必需品,我看着他忙上忙下,想搭把手,又担心自己添乱,只好安静地待在一边。

好在不是只有我这样,便利店门口的空地上有不少游客也在安静地等待自己的向导或同伴。他们大多是白人,一些当地学生上去和他们用蹩脚的英文交谈,有些白人的英文也带着莫名其妙的口音,可这并不妨碍他们交谈上十几分钟。

我正庆幸着没有人找上来,Wilson 从便利店出来,刚到我身边,一个小女孩不知道从哪儿窜了出来。Wilson 熟练地从口袋里抓出一小把糖果给她,女孩接过糖果,小心翼翼地撕开糖纸,将白色的水果硬糖塞进嘴里,眯着眼睛享受。

"这糖果有那么好吃吗?"我将自己的疑惑问了出来,Wilson 将我的话翻译给小女孩听,小女孩笑了笑,然后从兜

当地小女孩

里拿出另一枚糖果递到我面前。

我无法拒绝小女孩的善意,接过糖果,也学着她的样子小心翼翼地撕开糖果纸,塞进嘴里。

小女孩眼巴巴地望向我,我以为她在期待我的回应,于是笑着告诉她,"谢谢,这糖果很好吃。"

Wilson 帮我翻译,小女孩听完后先是很开心地笑着,然后又朝着 Wilson 说了些什么,Wilson 变了脸色呵斥了她。虽然语言不通,但不影响我读懂人的情绪,小女孩失落地走开后,Wilson 便和我说道:"Andy,我们走吧,天黑前要到木屋旅馆,再不走赶不到了。"

此时我并没有问什么,而是和 Wilson 一起上了车,车子在飞扬的尘土中奔驰,我看不清外面的景致,脑子里还是那个少女失落的身影。最后,我还是没有忍住问 Wilson:"那个小女孩是不是有什么难处?"

"Hirit?"他停顿了片刻,缓缓开口,"这片草原的大多数家庭都有难处,比如 Hirit,她有六个弟弟妹妹,即便成绩在学校名列前茅也读不到大学,这里有太多人拼尽一生也未必走得出恩戈罗恩戈罗。"

我从小在物质上没有蒙受过苦楚,父母和家人给予我的总是比同龄小孩要多得多,在七八岁的时候,进口糖果巧克力之类的高档货在我眼里便是平常东西。我很难与这片土地共情,也明白自己之前在车上看到的那些都太过浅显。

"Hirit 是那个女孩子的名字吧,我感受到她在向我求助。"我想了想继续说,"是上学的问题,还是弟弟妹妹,她们需要很多的钱吗?"

"是的……可是没有哪个人或者是国家可以一直给予我们帮助,先生,谢谢你的好意。"他回过头望向我,一口白牙闪闪发光,"据我所知,中国也是在苦难中成长的,我同样相信我的祖国,也相信像 Hirit 这样的孩子,虽然现在还是很艰难，但是日子总在慢慢变好。"

与 Wilson 的这段对话我一直记到现在，即便回来后，我也会忍不住关注坦桑尼亚的时政资讯。正如 Wilson 所说，这个国家几乎一年一个变化，2019 年，坦桑尼亚国内生产总值的增速达到了 5.8%。

游走于草原之上

这段小插曲并未给旅程带来任何影响。车子在戈壁滩上行驶，云朵在无际的苍穹奔腾，这一路上除了我们，没有半点人烟，就像行驶在美国西部蜿蜒曲折的公路上，难以言喻的孤独感在胸腔蔓延。

我忽然明白了为什么许多作家都爱远行，因为能孕育出灵感的除了苦难大概就是孤单了。厚重的孤独依托于过往的经历，那种情感上的孤独、纤弱的孤独，依托于环境、某些事件，抑或是氛围。

就像现在一样，无边的草原与孤寂的车辆给我带来更具象、更直观的孤独感，甚至能叫我形容出来，不似以前在很多个只有一个人的夜晚,才会喝酒感慨,每个人都是一座孤岛。

时间转眼到了下午,太阳好似变得温和起来。粉中带金的阳光跳落在车里,手机的信号从满格慢慢变成一格,终于我的两部手机都接收不到任何信号了。

"还要往前走吗,我的手机已经没有信号了。"

"要的,现在正是动物迁移的时候。"Wilson 说,"先生,如果您很赶时间,可以只在草原住七天。只需要七天时间,就足够您把这里大部分的风景看完了。"

不善拒绝的我接受了 Wilson 的建议,显然我对这片孕育了亿万生命的土地没有什么敬畏之心,我其实内心更担心手机信号。很快,一股遏制不住的焦虑感便席卷而来。

就像叶公好龙那个成语故事所讲的那样,叶公在没有见过龙的时候,一直对龙表现出狂热的爱意,当龙真正出现的时候,他却害怕地躲在桌子底下。

第一次踏出舒适圈的我躲不了,而且在坦桑尼亚,在没有信号的草原,我比叶公还要恐惧。

Wilson 很敏锐地捕捉到了我的情绪,他便开始向我介绍起这片草原,希望我能从没有信号的焦虑中转移注意力。"塞伦盖蒂在马赛语中的意思是无边的平原,《动物世界》80%的镜头都是来自这里,这里才是真正的狂野的非洲。"他扭

恩戈罗恩戈罗的犀牛

头望着我,黑眼睛里满是真诚,"Andy,这是世界最后的净土,你踏上了这片土地,我希望你不要留有遗憾!"

"谢谢,我知道了。"

吉普车继续行驶,大象、长颈鹿、斑马、羚羊……陆陆续续,动物的踪迹一一呈现,我拿出品牌方跟我合作的新款手机准备拍些照片和视频,他们希望能在我这儿获得一些曝光。这刚好是一款主打拍照的手机,要知道这款手机的其他先进之处在非洲是没有办法呈现的,一切巧得不能再巧。

　　Wilson继续和我分享着草原上的故事,他对这里的一切如数家珍,他远比我想象的更热爱这片土地。

　　"伟大的草原养活了150万头角马、30万匹斑马还有20万只瞪羚,当角马生下幼崽,和食草动物一起迁移的还有老虎、狮子、秃鹫……"

　　"你很熟悉这里吗,Wilson?"我的手机刚好记录下一只着陆的秃鹫。

　　"那当然啦!"他自豪地说,"我每年会带十几批游客进这片草原,而且哪里有动物狩猎我也知道,只不过今天没有碰上,过两天我们还能看到。"

　　"动物狩猎?"

　　"就是食肉动物去捕杀食草动物,游客都爱看这些,每年都有很多摄影师到非洲来蹲守。"

　　大自然物竞天择,适者生存,但是君子闻其声,不忍见其死,这也是我从小不爱看《动物世界》的原因,即便动物狩猎的本质和小猫吃鱼、鱼吃虾米一样没什么不同,不过我还是没有办法直面鲜血淋漓的死亡。

　　窗外的风一直吹,恩戈罗恩戈罗大草原不像内蒙古大草原那样,有所谓的"风吹草低见牛羊",它更像是经过烧制的陶器，干涸而富有美感，生长其上的草木也是轻薄而微妙的。

　　颠簸的吉普车在草原中肆意游走，广袤的天空慢慢地暗淡下来，冷风从窗户灌入，我关上了窗户，Wilson用对讲机不知道和人讲些什么，是非洲的语言，我没有多问。在这片陌生的土地，我想到了远在亚洲的家人，这会儿大家应该在热热闹闹地过年。

　　明明是我自己选择跑出来的，现在我又开始想念他们。天空这会儿又变成了紫罗兰色，云朵大团大团地簇拥着，如薄纱般轻盈，变幻莫测，不断地在空中氤氲、弥漫、缭绕。

木屋旅馆

　　也许是因为对非洲的刻板印象，草原的旅馆是木屋这种事已经被认为是理所当然的事情，就像是如果我们现在去海边的话，入住的应该就是海底酒店，喝着被海底洋流冰镇的红酒，躺在柔软的沙发上，隔着厚厚的特质玻璃，观赏着海底生物自由自在的生活，美其名曰——亲近自然。

　　我们并不是第一批入住木屋的旅客，事实上，在我们之前，这里已经聚集了很多欧美面孔，再算上我这样的亚洲面孔，勉强说得上是人类族群的一次小聚会。这样的情景在非洲大陆上并不少见，一群打着欣赏狂野之美旗号的人来到了这里，所到之处自然便会出现割裂感，这种割裂也有一部分我的原因。

　　当然，难得在这片土地看到这么多同类，我自然是要上去攀谈几句的，我找上了一对看起来很好说话的白人夫妇，询问他们来这里的理由。他们理由很单纯，也很不出所料，无非是为子女操劳了一辈子的他们等到孩子独立后，决定再次开始自己的生活；至于为什么选择非洲，只是因为想来看看不一样的风景而已，因为他们既有钱，还有闲。说实话，我很羡慕他们，因为他们这才叫享受了人生，只要你带着思考或者问题，无论走到哪里都称不上是放松自己，如果我能摒弃我脑海中纠缠我的一切，那来不来非洲其实都没有关系，或许坐在沙发上发呆都比我跑到非洲寻求答案来得有意义。

　　我自小就是一个喜欢思考的人，我会把这些好奇心写在书本上，书写的过程就是我对世界的一次探索，我就是靠着这样一次次"伟大的探险"来完成对世界的认知。虽然长大后，我探索世界的能力要强得多，只要我愿意，我能够去到任何我想去的地方，但儿时的无忧无虑与单纯，终究是回不去了。

回到房间后,我坐卧不安,像在北京那样开始失眠。我打开了笔记本,想要像小时候那样去探索,但曾经的勇士现在已经被太多太多的东西牵绊住脚步了,我原以为这些天以来的感受会让我在提笔时自然地写下生命的伟大、绚丽的景色、旅行的意义,但一下笔,它们就会变成艺人、音乐和主持稿。

"咚咚咚……"

敲门声响起,我想起了Wilson在我进房间前曾嘱咐我夜里不要开门,这个小木屋曾经出现过安全事故,具体什么事故他并没有细说。

"你好?"

"先生,是我。"Wilson的声音传来。

我打开门,除了Wilson外,旁边还站了一个白人小伙。

"先生抱歉!"Wilson说,"他是Michael,这间旅店已经没有房间了,能不能请您帮帮忙,这位先生也可以和您分摊房费……"

"真的没有别的房间了吗?"我不愿意跟别人分享属于自己的一片小天地,尤其是在我思考的时候。

"如果不方便,那还是不打扰了。"Michael望向我,眼里是深深的歉意,"很抱歉这么晚吵到你休息!"

"没关系。"

Wilson 带着白人小伙离开了我的房间,我本以为这是个微不足道的小插曲,没想到它会贯穿我整个坦桑尼亚旅行。

当天空泛起了鱼肚白的时候,我洗漱完往餐厅走去。Michael 正在与周围的游客兴奋地聊天,他看到我立马凑了上来。

"Hey,Andy!"他和我打招呼,"今天凌晨有一大群象从门口这块草坪穿过!那场面可太壮观了。"

"难怪那么大的动静。"我有些惊讶,"你拍视频了吗?"

"为什么要拍视频,美景不是看过了就好吗,这些场面会永远存在于我的记忆里。"

"好吧,你昨晚一直都待在餐厅吗?"

"是的。"Michael 笑了笑,毫不在意,"这是我的毕业旅行,很愉快昨天可以看到那样壮观的景象。"

非洲的温差一直很大,白天二十多度可能到了晚上就是零下,我有些愧疚,连带着说话也温和下来,"你怎么来这儿旅行?"

"我父母一直生活在澳大利亚,他们在年轻时来过这里,还和 Wilson 的父亲成了好朋友,之后他们一直没断过联系。"

"原来是这样,难怪 Wilson 会帮你。"

我和他坐在一张桌子上吃早餐,Wilson 走进来看到这个场景似乎有点惊讶,餐厅中的游客还在讨论象群,大家都觉得我错过近距离观察象群的机会有点可惜。我内心却很平静，因为从踏进草原那一刻起，动物一直在我身边，就像与人为友，每一次相遇与错过对我来说都是不平凡的惊喜。

它在寻找自己的孩子

世事就是这么难以预测，被我推出自己的小天地的Michael，又被我邀请一起同行了，不知道是出于愧疚心理还是真的和Michael聊得来。

与我相比，Michael更像一个合格的旅行者，他比我更有活力，每当有新的动物出现的时候，他都会开心地大叫。而我总是平静地欣赏着，Michael说我像一只孤独的老猫，没有什么东西能够激发起我的好奇心。

"澳大利亚也有很多动物，"Michael笑着说，"有考拉，还有袋鼠，但是非洲和澳大利亚不一样，男人应该会更偏爱非洲。"

"我都喜欢。"我拿着手机正专心地拍摄一只猎豹，Wilson告诉我这只可怜的母豹和它的孩子走失了，它正在寻

寻找孩子的猎豹母亲

找它的孩子,所以它神色紧张,脊背弓起,充满了戒备。

　　我放下手机,心里升腾起一股难言的酸涩感,这世界上所有的母亲都是一样的,她们承载了一切温暖又美好的词汇,我还记得出发前母亲落在我身上的担忧与责备的眼神,她的叨念没有阻止我新年跑出去的决心。一年到头那么长,我没有几天能陪着她,所以她总会在电话中自怨自艾,会故意暴露自己的脆弱,她希望我心疼她,然后尽可能地给予更多的陪伴,但是她不敢明确表达自己的诉求……其实她这辈子就是拼命把自己觉得好的东西给我,这份爱变得不知所措,变得小心翼翼。

Michael 突然凑上来,一只手自然地搭上我的肩膀,"你是从事摄影工作的吗?"

"不是,摄影要有专业的相机,我只是爱好。"

"你是做什么的?"

"主持人。"

"哦?"Michael 惊异道,"那不是很有意思,可以见很多很多的人!"他指着躺在树下的狮群,"这些狮子真的很懒,都是成群结队地在树下睡觉,喂,大家伙过来了!"

"不用紧张!"Wilson 说,"我们待在车子里是不会有事的。"

雄狮还在靠近,我将手机握在掌心,现在只能寄希望于 Wilson 说话是靠谱的。我记得刚踏上非洲大陆的时候,还特地买了份旅行保险,此时更是希望所有俗套的祝福语在我身上都灵验。

那只狮子走过来,用鼻尖嗅着吉普,它伸出爪子挠了挠车窗户,我清晰地看到它黑色手掌的纹理。

它舔了舔自己的爪子,做着和猫咪一样的动作,甚至让我一度觉得这不过是只体型大点的猫而已。但是我的理智告诉我，这是一只可以咬死一头斑马的猛兽，是几乎处于食物链顶端的存在。

马赛族在荒芜中生长

五天的时间，我们大部分都是在车上度过的，即便用餐也只是找个树荫坐下吃，除了面包就是三明治。我望向远方，凸起的山坡与天际相连，树荫下的非洲远没有照片展现出来的那么炎热，吹来的清风甚至夹带着丝丝凉爽水汽。

"附近有湖泊吗？"我问 Wilson。

"山那边是一片湖泊。"Wilson 有些诧异，"Andy，你是怎么知道的？"

"我是在海边长大的，对湿润的空气很敏感。"

"我也是在海边长大的，为什么我没有感觉。"Michael 伸着懒腰问。

风轻轻地吹过树梢，耳边传来窸窸窣窣的声音，多么舒适的午后，我刚想在软绵绵的草地上睡个午觉，却看到一群用白色树漆满脸绘制图腾的少年，他们手中带着木棍敲敲打

马赛族村落

打地从远方而来。

　　马赛族（Maasai）的足迹遍布坦桑尼亚和肯尼亚境内大草原，我们有好几次途经他们的村落，可惜一直没有什么交集。

　　酷晒将他们逼进了这片树荫，多难得的机会，我想上去与他们交谈，却不知从哪儿开始，心脏莫名地收紧，那种感觉就像是第一次上台前一样。我并不擅长交际，更何况是和语言不通的人，我下意识地望向 Wilson，想要向这个本地人寻求帮助，令我意外的是，那群马赛族少年主动走向了我们，手里还拿着一个没见过的东西。

　　"这是猴面包树的果实，他们在邀请你品尝。"通过

马赛族少年

Wilson的翻译我总算知道这群手舞足蹈的少年想要表达的意思。

　　这种果实，吃起来略带酸味，很多汁，在非洲被称为生命树，既然被赠予生命树的果实，适当的回礼是必需的，可惜的是，这已经是我们草原之行的最后几天了，我们翻遍了全身也没有什么拿得出手的东西，也许是看出了我们的窘迫，马赛族少年摆了摆手，示意我们不用回礼，这就是单纯送给我们这群陌生人的礼物。

　　很快，天气转凉了，我们带着感激与歉意准备再度出发，而我们和马赛族少年的缘分并没有就此结束——是的,我们的车抛锚了。

尽管离下一个目的地已经不远了,可是凭借我们三个人的力量并不足以将车推到下一个目的地,那群马赛族少年并未走远,我们可以向他们寻求帮助,于是我们赶紧追了上去。

但负责跟他们交涉的 Wilson 脸色却并不好看。

"他们愿意帮我们推车,Andy,但是他们需要报酬。"Wilson 脸色阴沉地看向我们。

对于这个结果我并不感到意外,善意是免费的,也是无价的,没有人应该无偿帮助我们。

"那就给他们好了,这很公平。"

"不,这一点都不公平,先生,他们要 200 美元。"Wilson 有些气愤。

说实话,200 美元对于我来说并不算什么天文数字,但来非洲这么长时间,我也大概明白了当地的物价,200 美元对于当地人来说可不是个小数目,这种漫天要价的行为任谁都会感到气愤。

"这样吧,你告诉他们,200 美元是不可能给的,如果他们帮我们推车到下一个目的地的话,我支付 10 美元,并且请他们每个人饱餐一顿,否则我宁愿拨通卫星电话求救。"其实 200 美元我也是可以出的，但我必须照顾同伴的情绪，更何况这其实是一场交易，你漫天要价，我落地还钱，一切都显得稀松平常。

我不知道 Wilson 是如何与这些少年交涉的，等他用英文同我说时，则是一切都解决好了的消息——这些少年答应帮助我们。他们行走在沙漠中，遇到过数不清像我们这样的人，善意是他们，漫天要价也是他们，这是他们的生存之道。

少年们的力气大得出乎我意料，他们甚至推开我，让我坐在车里。我不习惯就这样享受别人的付出，即便我付了钱，我仍和他们一起推车。

这段不远的距离，我们走了差不多二十分钟。汗水将我的衣服和皮肤缝在一起，太阳红彤彤地挂在天际，我却感受不到一点儿暖意，气温在急剧下降。我们走到营地，一切都安排得非常完满。有现成的帐篷还有食物，我们生起火堆，火光映照在少年们黝黑的脸上，温柔地近乎优雅起来。

他们的村落离这不远，Wilson 告诉我们，这些少年在当地其实已经成年了，他们在十五岁的时候举行完割礼，脸上便会画上图腾，意为勇士。

"穷人的孩子早当家"，这是亘古不变的规律。我按照之前的约定，拿出囤积的食物，与少年们分享水、面包、饼干还有一些罐头。我没什么食欲，于是拿出平板看着自己拍摄的视频与照片，一名少年凑上来，我读出了他眼里的渴望，便将平板电脑递了过去。

少年们围在一起，目不转睛地看着，学习用手指给电脑发号施令。我猜想这应该是他们第一次看到高科技产品，所以表现得那样专注和好奇，大眼睛里满是求知的欲望，当他们的手指触碰屏幕的时候，我听到了科技的种子落在了他们的心底。这场短暂奇妙的相遇，也许未来这颗种子会爆发出强劲的生命力，长成参天大树。不管科技是将他们带离原始落后的生活，还是开启他们未来的梦想，都是我期待看到的。

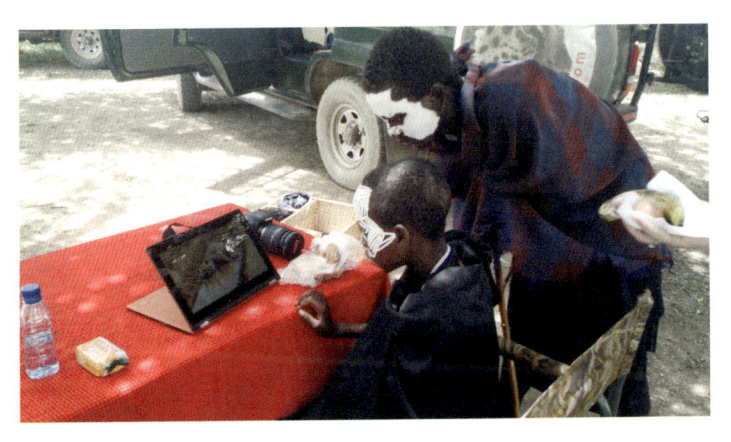

马赛族少年与平板电脑

进入马赛族村寨

辞别少年后，我回到帐篷。

扎营的区域附近都有军队守护，我无心欣赏漫天的星光，收拾完个人卫生，快速缩进了睡袋。我睡得并不安稳，脑中盘桓着旅行第一站会选择坦桑尼亚的另一个重要原因。小时候经常听老师谈及三毛，她有一本很著名的文集叫作《撒哈拉的故事》。华人中几乎没有人不知道这位近乎传奇的女作家，她总是说，人一定要到沙漠去一次，生命的过程，不管是阳春白雪还是青菜豆腐，都得尝尝是什么滋味。

可是我畏惧她笔下的沙漠，那里是吞噬了无数人的死地。她有能够支撑着走下去的动力，而我孤身一人，于是我选择了比较平和的坦桑尼亚，一个充满危险的希望之地。

再次睁眼，天光大亮。

因为我对马赛族表现出来的浓厚兴趣，Wilson体贴地带我们到附近的马赛族村，也就是少年们居住的村子。

这里的屋子全部都是由枯草搭建，我绕屋转了一圈没有发现支撑物，这比我想得更为简陋，真稀奇，这样的房子该如何抵挡狂风骤雨。

我们行走在村落间,遇到了几个妇女带着孩子向游客兜售用枯草编的手工制品。也许是见识得多了,这些妇女会用蹩脚的英语讨价还价,我看得有趣,像这种不出世的村落,一旦开始和人、和钱打交道,都会不可避免的变得世俗起来。

离村子一百多米的距离是孩子们的小学堂。

稍微宽敞些的草屋子里奢侈地拥有木头做顶梁柱,可见这个村落还是非常重视教育的。小学堂里排排坐着二十多个年龄各异的小朋友,他们握着笔在写英文字母。

游走在这片草原的向导很多都是从这样的学堂里走出来的。在这草原上生存,除了需要天性本能,最重要的是与人交流的能力,只有这样才能进行商业往来。拥有知识的人才有可能依靠知识改变命运,完成最开始的财富积累。

"那些少年为什么不会英语?"我问 Wilson。

"这里才刚建起学校,只招收不到十岁的孩子。"Wilson 说,"十岁以上的孩子都属于劳动力,他们要保护村子,要找寻干净的水源和食物。"

我和 Michael 都没说话。

回到营地后,我摆弄着手机,没有信号的日子很是煎熬。

一开始我和 Michael 还会不断拿起手机寻找信号,原本非常苦恼的事情也变得妙趣横生。我们会先找小山坳,再到一

城镇里的小卖铺

个高地,伸着手看能不能接收到信号,即便他的个子要比我高些,在这种几乎原始的荒漠里,他也收不到丁点信号。

　　我思考着要不要买一部卫星手机,以便国内有事随时都可以联络得上。但过年期间能有什么事,大家都沉醉在节日的喜庆里了吧。

我望着广袤而幽远的星空，心中是挥散不去的落寞，其实我想得很明白，或许我只是享受被需要的感觉。

"你要买卫星手机吗？" Michael 问。

"不买，在大草原买一部卫星手机也不过是件 MISSION IMPOSSIBLE（不可能完成的任务）罢了。"

"说得对，其实在城市里生活惯了的人真的很难适应孤岛一样的人生，一旦真的远离了，即便是繁杂的社交也会变得可爱起来。"

我没有说话，算是默认了。

接下来几天的行程里，我们换到了更大的帐篷中。

这边的帐篷比我想象中的好太多太多了。虽然空间也不是特别的大，但是床、蚊帐、洗手间、淋浴、厕所，酒店里该有的，帐篷里都有。住在帐篷里的时候，他们更是严格要求晚上不能擅自离开帐篷，以防有意外发生。

我不觉得这些要求有什么不妥，相反我很庆幸，因为有规则就可以尽可能地保障我的人身安全。说来讽刺，生活在文明城市的时候，我渴望自由和放纵，最是讨厌这些条条框框，但在这里，我却只有安全一个要求了。

我想起一件好玩的事，也是关于帐篷。就是我小时候，大概五六岁的样子，我特别想要一顶帐篷，但是家里没有。

于是，我会躲在被子里，用腿支起一个顶，假装自己住在帐篷里，那时候被子就是我的小帐篷，小帐篷外会有小孩子害怕的妖怪，但是我在被子里，那些妖怪就不能伤害我。

和现在一样，帐篷外危机四伏，而帐篷的边界成了最后的安全保障。他们当地人总说夜里会有狮子或者是豹子之类的不速之客，便会在四周安排保安扛着枪 24 小时坚守岗位。

入夜，就在睡觉前。

我听到了猫科动物潜伏在帐篷周围吵闹的声音。那种近在咫尺的低音环绕声让我和 Michael 在帐篷内不寒而栗，大气不敢出。但在极度惊吓的情况下，他能就地睡着。他说这是他身体给他安排的保护装置，就像上次在车里一样。此时的他陷入了平静的睡眠中，面容安详，甚至开始打起了呼噜，而我却在这惊心动魄里忐忑。

到第二天，吃早餐的时候，我听隔壁帐篷的人说早上他乍然见到一只狮子在帐篷旁的水池边喝水，吓得他连滚带爬回到了帐篷。

还好我昨天没出帐篷，我默默地想着，如果是 Michael 看到会怎么样，他也许能够当着狮子的面原地睡着，那就好玩了。

生命一定要绽放在星空下

我坐在帐篷外,欣赏着这片非洲陆地。说起来坦桑尼亚是古人类的发源地,气候环境导致了世界出现了白种人、黑种人和黄种人。事实上,人和人用肤色和种族去区分是愚不可及的。

而我反感种族肤色论调也是因为我的生长环境,我念书那会儿美国对有色人种并不是特别友好。

尽管那时候就在宣扬种族平等,但是在学校里,在班级中,一切阳光照耀不到的角落滋养了无数恶意,我厌恶那种环境,于是总是孤零零一个人,只有少数几个玩伴。

我想我能与Michael同行的一个重要原因是他和我的老同学Justin很像。我安静地坐在帐篷前喝酒,Michael不知道跑到哪里去玩了。我从小到大都是个闷葫芦,相较于和人打交道,我更喜欢独处。但是后来我的私密空间突然闯入了一群可爱的朋友们,渐渐地我便熟悉了这种感觉,能把握好和人相处的尺度,好在我的朋友们也都是温柔的人。

巴克莱说幸福的生活有三个不可或缺的要素:一是有希

营地与星空

营地与篝火

望,二是有事做,三是能爱人。

如果以这三点论,我的人生是幸福的。但是我却总感觉不到幸福,或许是我并没有找到自己真正想要的,我头脑发紧,总觉得有什么答案要从干涸的土壤里钻出来。

红色的云朵在天幕上大面积地渲染开,餐厅已经摆上了简单的食物,我还在追寻那个马上要破土而出的灵感,Michael 从外面回来了。他兴奋地拉起我往餐厅里去,我的思绪被打断,但是看到他满面的笑容,我不想做个扫兴的人。

餐厅也是以帐篷为主体的,内外加起来也不过十张桌子,除了我和 Wilson 其余都是欧美人,我们叫了一瓶白葡萄酒,坐在帐篷外的篝火旁,看着黄昏铺满草原,天空在绚丽的夕阳中慢慢变成了梦幻的灰蓝,那是天鹅绒的颜色,远处还有来不及消失的淡粉色霞光,星辰在隐秘地闪烁。

星空

北京的高楼大厦，晚上抬头除了航空塔看不到任何闪烁的东西。我对天文从小就有热情，还特别报过天文课，学习各种星座和天体运行的知识。但是我从来没有亲眼见过银河，一直以为闪烁的星星要用望远镜才能观测到。

但是现在，天空变成了发黑的深蓝，璀璨的星河在我头顶放肆地闪耀，星星的数量超过我的想象，炫目的星光令人头昏脑涨，模模糊糊间还是能看见星光微弱的个别星球。我拉着Michael的手，白葡萄酒融进了我的喜悦，这是少数在漫长时光里可以拿出来仔细咂摸回味的场景了。

我忽然明白，那颗种子是什么了。

当我真正开始爱自己，当我不再去追寻问题与答案，也不再为第二天的太阳而忧虑，我只要活在一切正在发生的当下，看今天的太阳，看今天的星光，这就是答案。

似乎是老天也为我走出那种苦恼的境地而感到高兴，他派了两位乐手披着星光而来。他们坐到了篝火边，嘹亮激烈的前奏响起，很快密集的鼓点也加入音乐。这是他们的一首传统民谣，人们踩着节拍，扭动着腰肢进入音乐。大家都是欢笑着的，不知是谁在音乐进入高潮前喊了一嗓子。我配合着音乐自由地创作着舞步，美妙的、欢畅的。我忘记了这是哪儿，也忘记了城市的光怪陆离，我只要此时此地、此时此刻!

音乐进行的尾声,我的大脑还在品味着余韵,直到音乐彻底停了下来,周围的掌声将我淹没。

我累得喘着粗气,汗水将我的衣服浸湿。

Michael 举着酒杯过来:"你可太厉害了!"

"喝多了。"我笑着回应。

Michael 灌了一大口酒,回到了音乐当中。

因为营地里没有 Wi-Fi,我把自己的手机留在帐篷中。我只能拿起 Michael 的手机,放慢快门,调大感光度。虽然这不是最美丽的照片,但是我捕捉到了我最幸福的一刻,和跳动的星光一起被记录下来。

这里没有飞机,只有少许的人造卫星,其余的都是儿时梦想的星空。我不知道你们多久没有见过星空了,在我很小的时候,若不是担心感冒,我就会在自家的露台,以地板为床,以星空为被,做一场瑰丽而绚烂的梦!

模糊中,我是被人抬回帐篷的。

热气球，升起吧！

天还未亮时，我便被Wilson从帐篷里唤醒。星光依旧璀璨，但是少了其他旅客的声响。

按照原定的计划，我们吃完早餐后就会有人来将我们接到热气球的起飞点。世界上有几个乘坐热气球的旅游景点：土耳其、埃及和非洲大草原。我从来没有挑战过什么高空项目，所以非常期待，特别是春节期间，刚好碰到了动物大迁徙，我相信从上往下的视角一定极其震撼。

我们等了将近一个小时，接送人员姗姗来迟。我第一次

坏掉的热气球和我

感受到这些人对待时间的傲慢和对工作的敷衍，他们的任务只是负责接送旅客，至于旅客能不能乘坐热气球则和他们一点关系也没有。

日出前一刻的夜晚就像被浓墨泼洒过的画卷，司机打着前照灯，小心翼翼地行驶在草原上，生怕撞到哪个动物。

在太阳出现前的最后一刻，我们终于到达了起飞地，因为迟到所以被安排到最后一颗热气球，却没想到热气球上因为破了一个大洞而无法起飞。

我只能将行程从坐热气球改成看别人坐热气球了。

热气球辜负了我，但是我和日出撞了个满怀。我太喜欢这种感觉了，没有坐上热气球的遗憾都减轻了不少，起飞地不远处有一家小小的咖啡馆，这间咖啡馆不是草屋，也不是木屋，而是像童话里矮人族、精灵族居住地那样，在一棵树木里。

值得一提的是坦桑尼亚的咖啡非常好，柔和的果酸与顺滑的口感在这片草原显得格外难得。在清晨配着阳光饮下一杯，所有的负能量都会消失得无影无踪。我在北京就经常这样干，用晨起的阳光与一杯能量满满的咖啡去唤醒一整天的能量。

离开草原

在后面几天,我们一起去了恩戈罗恩戈罗火山口(Ngorongoro Crater)与塞伦盖蒂(Serengeti)国家公园。

Wilson 跟我们说这里是"Endless Plain",意为无尽的草原,我无法想象这个与三个国家都接壤的"公园"到底有多大,这里就像是一个巨大的火山口,或者说盆地。周围高山环绕,而盆地中茂盛的草木蓬勃生长,就像是一个恒温的培育系统,在这里生态保持着长久不灭的平衡。

这里的动物十分安逸,野兔嚣张地从狮子等猛兽的眼前跳过,却不见这些懒洋洋的家伙有半点动静。与大草原不同,这里你很难看到半点厮杀。

或许太过于安乐,或许这些大家伙们是有饲养员的,以至于我在塞伦盖蒂国家公园看到了一种难以言喻的和谐感,就像童话世界里的狮子甚至可以与小鹿做朋友一样,在这儿我丝毫没有怀疑。

我更真切地领悟到了环境于人、于动物的影响。草原上的食肉动物会捕猎是因为需要食物,人与动物一样,从来都被环境选择着,直到农耕文明起始,人看似在选择环境,实际上还是被环境驯化。

哪怕是人本主义盛行的今天,我们依旧被环境选择,从小城市迁移到大都市,或被大都市淘汰,回到小城市,无论是钢铁森林还是水乡古镇,你在哪方水土,你便是哪方人。

桑给巴尔的海风

我在陆地上的旅程随着与 Michael 的告别而结束,他要往草原更深处去,而我想去一个名叫桑给巴尔(Zanzibar)的海岛。

故乡台湾本身就是一个巨大的海岛,大海离我在台北的家只有四十分钟的车程。所以我大概能猜到在这个叫桑给巴尔的海岛会是一个什么样的景色,但我的内心始终隐藏着一丝侥幸,也许这里终究也会有什么不一样的东西,不然我会十分后悔出来这一趟。

我坐了差不多一个小时的飞机才到这座岛上。它位于印度洋近海,对许多欧洲年轻人来说,任何一个气候宜人的岛屿都有可能成为派对天堂,何况又是在被称为欧洲后花园的非洲大陆。

二月份的桑给巴尔气温不到三十度。躺在二层卧室的双人床上，敞开着面朝大海的门，从阳台望去，一片蓝绿相间的海洋，看得出平静的海面下是礁石，礁石外的远处，两三艘小渔船像零星落叶在光彩陆离的海平面上摇曳着。

远远望去渔船都有点复古风，有种时空穿越的感觉。每艘渔船都只看到两个渔夫，一个在船尾划桨，一个在船头打鱼。看得出他们想要离礁石远远的，但是又不想走太远，始终保持着安全距离。

"银色小船摇摇晃晃弯弯，悬在绒绒的天上。你的心事三三两两蓝蓝，停在我幽幽心上！"《离人》的旋律轻轻悠悠地荡到嘴边。

不得不承认，这样的景色很美，但也并没有超出我的想象，因为它正好符合了我的期待，反而让我没有了惊奇的感觉。

我突然开始遗憾这趟旅行只有我一个人，如果我的好友也在，那我将与之分享我所感受的一切——这里舒适的被褥、绵软的细沙、温暖的阳光，甚至咸湿的海风，这一切才会被赋予更多的意义，也许我就是这样一个享受孤独，却又时常背弃孤独的人。

这里的一切都与陆地不同，一切又与陆地相同。

这里的 Wi-Fi 很不好使。整座岛都是 2G 的网速，其实我

渔民们的离歌

已经有些习惯在非洲大草原上没有网络的日子了，但相对来说，我对海岛的期待更高，所以我便会吹毛求疵。

即便如此，能收发邮件，也足以让我学会了感恩。

这里有泳池。民宿是一对德国夫妇开的。平时夫妇二人不会出现，客人都是由训练有素的管家和几位服务员服务着。有个厨房 24 小时待命，随时准备我们的点餐。我喜欢在阳台上看着大海吃早餐。一个人静静地享受一杯橙汁、一壶咖啡，说真的，这让我感觉不太好，因为我感觉自己像是回到了台湾一样，仿佛我并没有在那个夜晚踏出那一步。

其实，就这样待在这里也挺好，这房间的上一个客人就在这里待了两个月，那是一位单身的女士，每天就在房间的阳台上闭关写着自己的作品。服务员在适当的时间送餐，打扫。书写累了，灵感耗尽了，就在屋前的海岸线上游走着，看着居民们怎么过着他们渔民的生活。

"好羡慕她的生活。"我心里想着。"但是我不行，北京还一堆事儿呢。我还要对一堆人负责呢！"

还好我没有因为羡慕这位女士的生活而在这里莽撞地投资一幢民宿。其实那位女士也没有我想象中的那么悠闲，即便是在远离陆地的海岛，她也要面对来自父母的催婚、甲方的催稿、各种各样的人情往来，除非完全切割了自己的社交属性，否则无所不在的关系网总会一步步逼迫你、压榨你，无论在哪里都会让人感到无比的窒息。至于我是怎么知道这一切的，只是单纯的因为这位女士总是喜欢把自己的烦恼向那对德国夫妇倾诉。

她的声音很大，一点也不排斥别人听到她的生活。快乐来临了，最快乐的是自己，苦难来临了，最苦难的也是自己。我们互不相识，在同一家民宿，她将自己的生活大声地说给陌生人听，不希望回应，不期待理解，就像人们向上帝忏悔，刻在骨子里的孤独，唯有将这些压迫吐出来，才有继续生活下去的动力。

民宿前面的海岸线不长，前后走动不到一个小时就到了沙滩的尽头。除了我住的民宿，没看到有其他的酒店。沙滩上也没有其他的游客，都是当地居民，孩子们赤脚踢着球，妇女们顶着桶子三五成群聊着天，其乐融融，感恩这里的一切充满了专属海岛的幸福感。

居住在海岛上还有一个好处，那就是随时都能吃到最新鲜的海鲜，"靠山吃山靠水吃水"这句话在这里真是得到了完美的体现，渔夫们甚至看到我这个游客都懒得向我推销自己刚打到的渔获，好在我已经花钱请别人来帮我解决这件事情了。

民宿的特色螃蟹浓汤是每餐必点的。1.5公斤以上的焗烤大龙虾配上香滑的牛油，也是不容错过的美味。还可以在专属旅客的露天电影院，点上一瓶气泡酒，一坐就是两三个小时，看完电影后，静静地在烛光里听着海浪的声音。

桑给巴尔之行唯一能让我感到惊奇的大概就是我目睹了海豚跃出海面，可惜我并没有拍摄下来。管家告诉我这个位置一般是看不到海豚的，出海可以看到更多海豚。

这些聪明的家伙是大海里的精灵。

能看到一只跃出海面的精灵我已是万分感恩，而且就像Michael说的，美好的景色更应该记在心里，而不是投射在冰冷冷的照片上。

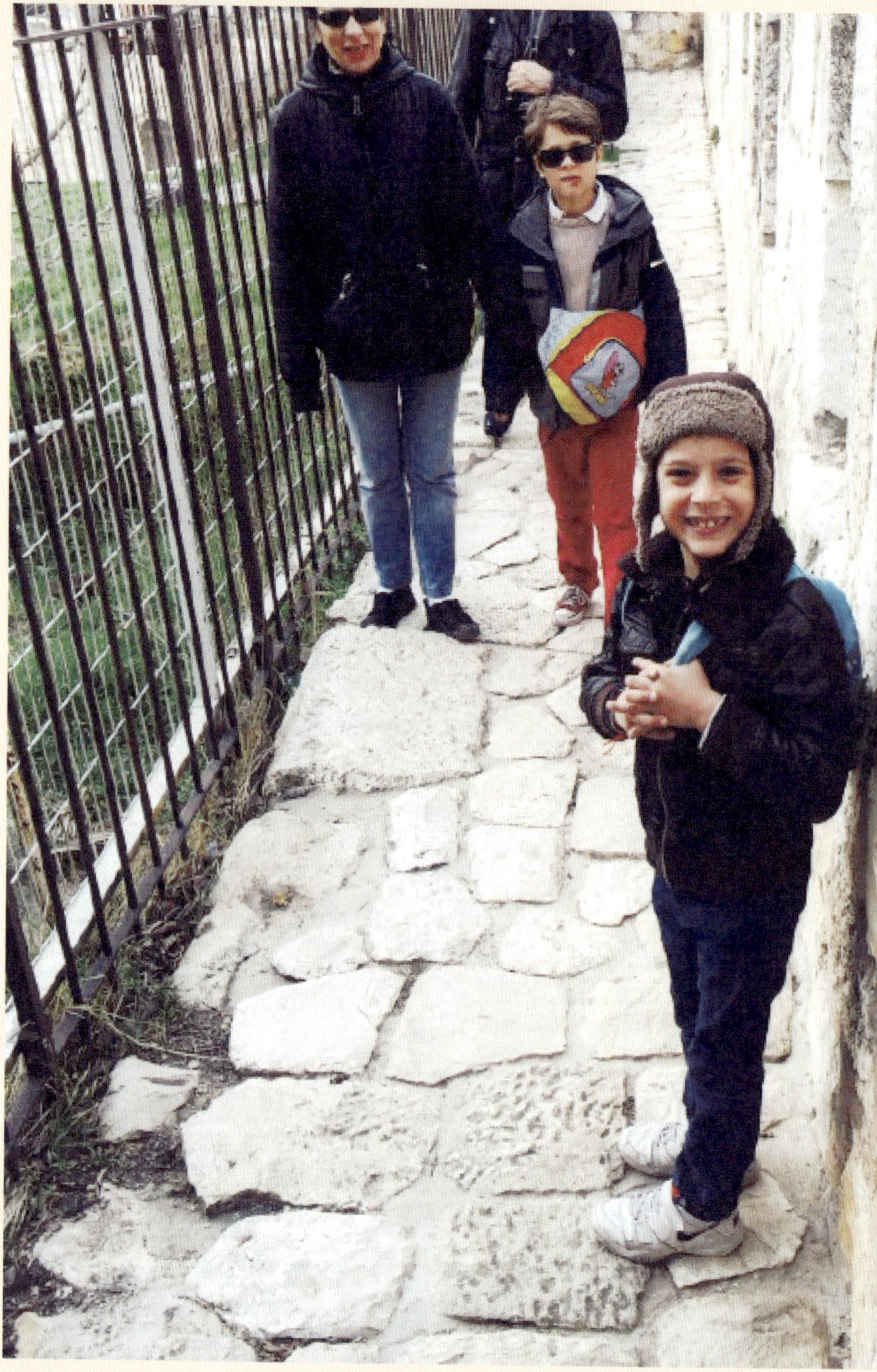

no.2 *Israel*

第二站・以色列

与四岁的我对话

回到北京半年后的一段时间里,我觉得自己好似找到了答案,一直处在极充沛的状态里,热爱活着的每一分钟,就像刚到北京那年,对生活满是好奇,对未来全是憧憬。

如果生活可以继续这样往复下去似乎也没有什么不好,在那片伟大的草原之上我得到的答案具有时效性,也许这个时效性是一辈子,也许时效性只是三五天。这取决于我,当我再度问起,我为什么会做当下的事,又为什么要热爱当下时,一切土崩瓦解。

我开始觉得一切全无意义,于是只能从书里寻找答案。

一沓一沓、一摞一摞……

我坚信自己并不是什么思想家,而是一个迷茫困顿的普通人，古今多少先贤都在为我们寻找人生的意义是什么，但那些书本大多过于晦涩。

于是，书本拿起又放下……

在浑浑噩噩中，我陷入了睡眠，到现在我依然清晰地记得那场梦的每一个细节，恍惚间甚至会觉得自己的意识穿越到了四岁时那个无名的午后。

永远像前一天那样平静，午后的阳光慵懒而倦怠。四岁的孩子望向我，他似乎对我的到来很开心，带我去看了他的秘密领地，里面是他收集的动画角色卡片，有机器猫小叮当的角色卡，也有超人的角色卡，他一张一张数给我听。后来他问我，为什么这个世界没有叮当猫？我想了想告诉他，因为小叮当和大雄都活在另外一个世界，和超人一起。四岁的孩子把失落挂在了眉眼之间，他咬着嘴唇问我："可是，那我们又活在怎样的一个世界啊！"

梦境到这便断了，我并没有回答他的问题。印象里这个问题似乎纠缠了我很久，哪怕那时候在我眼里全知全能的父亲，也只告诉我这是由分子和原子所组成的世界。年幼的我纠结了很久很久，可是分子和原子又是什么，一直以来我的父亲都没有给我答案。再后来我从《圣经》中读到，这是由上帝所创造的世界，问题到这里好像到了尽头。

$$H原子 \sim 0.1 纳米$$
$$\frac{1}{135亿} = H原子直径?$$

  年幼时我从未质疑过父母，从未质疑过《圣经》的故事。当我真正开始思考，我想回答四岁的自己那个问题，却发现四十岁的我也只能给出父亲那样的答案，抑或是从唯物主义的角度，可以把这个世界描述为物质的世界，由不同原子分子构成的物质世界。

  可我对这两个答案都不满意。

  我想四岁的我应该会继续问，上帝用七天创造了世界，那他为什么不创造叮当猫？抑或是问我什么是物质世界？什么是原子？什么是分子？为什么他们可以构建世界？或者世界是什么？

  问题的尽头还是问题……

催眠

夜晚在翻来覆去中度过,后来我应该是喝了点酒,飘飘忽忽的梦境里是一幢又一幢的教堂巍峨耸立在城市间,我看不清是在哪里,后来几天,又反复梦到大教堂,还有沙漠等元素。

李听说了我重复做同一个梦,作为跟我同样拥有北漂经历的朋友,他是很信前世今生、因果宿命的人,他认为我需要一场催眠之旅来找寻答案。

对此,我并不排斥,因为我有太多的问题,只要能为我解惑,追寻答案的过程在我眼中,不过是一场旅途。

不得不说,这次的体验实在奇妙,我只能浅显地去描述过程,以及我看到什么,至于感受,实在太难汇聚成文字。

从小到大,我一直是一个高度配合的人,但是这次催眠却不一样,即便我的身体一直在配合催眠师,我的潜意识却一直在抵抗。我不断强迫自己,跟随催眠师的语言进入更深层次的潜意识中,我仿佛置身于黑色的旋涡中,耳边是一声接着一声清晰又模糊的数字,我穿过一条漆黑漫长的隧道,远处的一点白光指引着我不断向前,越来越近,越来越近,终于天光大亮的时候,我看到了中东的集市。

那是一个微不足道的角落,身边的建筑都是土黄土黄的,嘈杂的人声叫卖着各类商品,驴、骆驼、马穿行其间。我这是进入催眠世界了吗?这些场景陌生又熟悉,要知道我从来就没有到过中东,这种诡异的熟悉让我安全感顿失。

我仔细地分辨着眼前这些人的穿着,不知道你们有没有看过《阿拉丁神灯》,或者是《阿凡提》,这些人的穿着与这两部电影没有什么区别,都是一层一层被布包裹着。

难道这是我上辈子的人生?

荒谬!

我异常抵触,从催眠中醒来后,当即便决定到中东去看一看,去寻找那份诡异的熟悉感。

李得知我的计划,要求与我一起去。他告诉我,他觉得自己某个很重要的一世也许就来自那片沙漠之城。他早前也邀请过我与他一起旅行,我因为工作推脱了几次,这次是我要去,也找不到合适的理由拒绝了,只能一同前往。

在圣城耶路撒冷!

这次过海关,没有在护照上盖印戳,而是海关在护照中夹了一张纸条,纸条上面盖着印戳。在中东的国家里,我们选择了以色列——一个宗教立国但是又跳脱不了政治束缚的地方。

下飞机后,我们没有先进特拉维夫,而是直接前往圣城耶路撒冷。春天的圣城比我想象中更为湿冷,整个城市笼罩在阴雨里,仿佛是在泣诉着它几千年的坎坷遭遇。

它无数次被摧毁,又无数次被重建;它是风暴的中心,同样也是以色列立法认定的"永远的和不可分割的首都"。

我看过耶路撒冷的历史,亦明白它的悲怆。雨清清浅浅地下着,这一次出行我只带了少量的衣服,寒意料峭,我淋雨走进新城区的酒店,李狼狈地用外套挡在头顶。

"我在小学时就不会用外套躲雨了。"我笑着和李说。

他利落地把湿答答的衣服穿好,像骄傲的唐老鸭满不在乎地说:"从小妈妈就和我说头是不可以淋雨的。"

"可是头着凉了会感冒,身体着凉也会感冒啊!"我拉着行李走在前面,"又没有什么区别。"

"有,有很大区别,没有淋到头就不会感冒,旅行感冒很麻烦的。"

"好吧!"我没有继续反驳他,回到房间后洗了一个热水澡,然后站在窗户前,认真地欣赏这座城市。

新城区是从十九世纪后才开始修建,现代化的钢筋水泥建筑和殖民时期的欧式建筑穿插坐落在耶路撒冷的西边。面积是旧城区的好几倍。

雨过天晴,这个城市的悲怆与厚重感都随着太阳的出现蒸发在空气里。李来敲了我的门,他换了身衣服——牛仔外套、牛仔裤,配着大墨镜,阳光帅气。

"出去走走?"他问我。

在新城街头

暖融融的阳光铺满了街道,我们像许多游客一样在说说笑笑地行进,不少年轻人坐在户外的檐篷下喝着调酒,在暖气罩下谈笑风生。

这样的圣城似乎就有了烟火气,它不是历史书上残破的图片和冷冰冰的背景,而是鲜活的、有人生活居住的城市,

耶路撒冷维护治安的人员

与别处也没什么不同。

我才冒出这样的想法，很快就见到一队拿着长枪的警官从身旁走过。

李拍了拍我的胳膊，示意我看向拿着长枪的警官："长枪是不是太危险了？"

我想到了耶路撒冷的状况："其实长枪在警察手里是比较安全的，耶路撒冷经常会有恐袭。"

"不是吧！"他惊讶出声，"怎么会有恐袭？"

"你来之前不看新闻的吗?"我也很惊讶,"在国内也有报道啊。"

"在国内安逸太久了,以为全世界都那么安逸嘛!"他笑了笑,"感觉还是北京好。"

"是啊,还是北京好!"

很多人不知道,其实耶路撒冷也是一座旅行城市,犹太人带着犹太帽,穆斯林带着头巾,游客带着背包与相机,和谐的在这城市里交融,战争留下的痕迹除了在过往拿着长枪的军警身上可以看到,别无其他。

我们沿着铺满阳光的新城区铁轨边行走,城市列车也在缓慢爬行,发出的"哐哐"声融进手中握着的热美式里,一副岁月静好的温柔样子,让人记不起它历经的苦难。

不过更叫人吃惊的是,新城区里充满了当代科技产品,和所有国家的城市生活一样,这里有苹果手机专卖店,有卖面膜的小店,有星巴克,而且里面的马克杯还有专给观光客的耶路撒冷等字样。

我们就住在新城区与旧城区交界处,一个很小很小的旅店。听说这家店有点历史,在一次又一次的轰炸中幸免遇难,居然成了一个必去的打卡地。下面围聚了满满的观光客在餐厅中聚会,好像一点都没有想象中耶路撒冷那种肃穆的感觉。

耶路撒冷旧城区市集

耶路撒冷旧城区一角

"看见了吗,被城墙围起来的是旧城区,那边是雅法门,也是离咱们新城区最近的门。进去后就是大卫城,也就正式进入耶路撒冷旧城区了。"我摸着城墙,连带着声音也悲伤起来了。

"你以前来过吗?"李问我。

"当然没有。"我叹了口气,继续往前走,"我只是看懂了,这一块块石砖是用了多少信仰的鲜血铸就而成。"

这片土地,神秘又悲情。

漫步旧城

《旧约》中记载,亚伯拉罕的儿子以撒有个儿子名叫雅各,上帝为了考验他,命令他不使用神力和天使摔跤角力,没想到天使也不能战胜他。于是上帝给了他祝福并将他更名为以色列,以色列有十二个孩子,以这十二个孩子为中心繁衍生息,最后形成了犹太民族,而以耶路撒冷为中心的巴勒斯坦,则是上帝许诺给他们的土地。

十一世纪末,以耶路撒冷为都城,犹太人建立了以色列王国，经过不断发展，在所罗门时期达到顶峰，但是好景不长，以色列国力衰弱的时候，亚述和巴比伦进犯，犹太人从此失去了自己的家园和领土。

后来啊，这里是罗马帝国、阿拉伯帝国、奥斯曼帝国，只有犹太人在世界流浪……

多少的掠杀、争夺、焚烧，在如今不到一百万人口的城市不断上演着。这片城墙上是历史挥洒的色彩，角落里隐藏着说不清的悲欢离合，所以吸引着除了宗教崇拜者以外的游客到来。

耶路撒冷屋顶咖啡厅一角

耶路撒冷旧城区墙角

历史带给这片土地太多责难,连在这边行走的游人仿佛都带着悲伤的气息。

我们又买了杯咖啡,在旧城区里慢慢行走,这里的房屋高低错落,比起新城区,旧城区给我的熟悉感尤为强烈,好像曾经到访过,又或者是上次的催眠给了我心理暗示,我分不清,只能慢慢寻找答案。

耶路撒冷旧城区餐厅

除了游客和朝圣的人群外，旧城区到现在还是住着一些人的。他们开着小店，过着自己的日子。

这里大部分的街道都很狭窄，也不是特别明亮，地砖上时不时就看到各种历史古迹的标识，好像担心游客们遗忘自己身处一个历史古城中。

沿着市集的入口我们找了一家餐厅，一看就是个好几代人传承经营的餐厅。用石头堆积而成的火炉在餐厅的最深处，可能是暖光的缘故，整间餐厅黄黑黄黑的，像是带着底片的年代感。

中东食物没有太多的调味，原食材的烧烤，加上馕饼及胡姆斯蘸料（Hummus），被中餐养刁的口味吃什么都觉得有些清淡。不过这里的食物入口还算是清爽，像是吃了不蘸酱的黄瓜。我随口要了单杯的红酒，和李小声互道"Welcome to Jerusalem"。

欢迎来到耶路撒冷。

那是苦路

只要出门在外，我的运气总会莫名其妙地变好，不管是在坦桑尼亚还是耶路撒冷，或许我本就应该成为一个活在旅途中的人。

我们在集市的一个鲜花摊子前，遇到了一个会说英语的小姑娘，她长得很漂亮，眼睛大得不像话，犹太人特有的卷发藏在色彩斑斓的头巾里，她热情地带着我们走街串巷，并告诉我们她儿时记忆里的耶路撒冷。

因为小姑娘家是基督徒，所以她小时候偶尔会与她的表妹们参加教会里的各式活动，活动上唱颂着诗歌、阅读圣经故事，耶稣的故事都是彩色的。

耶稣被审判、鞭打、钉上十字架，到最后死亡的过程及路线，被称为苦路（Via Dolorosa）。十四个站点，一一用罗马数字刻写在铜牌上，周围的建筑物都已物是人非，有的成了商店，有的成了教堂。而曾经在路旁叫嚣辱骂耶稣的人群，现在却变为了前来朝圣的信徒，以及拍照留念的观光客。

色彩不再像是故事书里的缤纷灿烂，而是多了从历史走过的痕迹，被以色列的黄土覆盖着，像是长城上的砖瓦，永远不知道哪块砖是修补过的，哪一道痕迹是后代凿上去的，而又有哪些是先人沿路给我们留下的记忆。

小姑娘在午餐时间和我们告别，临走时我送了她一束鲜花，感恩她在旅途中给予我们的陪伴。在朋友的提议下，我们找到了一名导游，巧的是这个导游不是基督徒，而是穆斯林。所以他眼中的耶路撒冷又有另外一个故事，他带领我们走到耶稣故事的最后——圣墓教堂,他独自站在外面等待着我们在教堂内参观。大堂中央有一块红色大理石,众多信徒虔诚围绕跪吻着这块曾经沁透耶稣鲜血的石头。

这是信徒们哀悼在故地建起的教堂,时光透过彩窗露出肃穆。出来后导游正与同行聊天,有穆斯林也有基督徒。在信仰的相互

耶路撒冷旧城区墙角

尊敬下，我看到了和谐的景象。

　　进进出出、来来回回中谁是基督徒、穆斯林、犹太人，或者像我们一样在寻求真理的唯物主义观光客，此刻一点也不重要。

　　耶路撒冷这座城市不大，沿着城墙走会碰到很多在建筑物顶楼的咖啡厅。

　　游客们在景点跟景点间坐着休息，喝上一杯提神的咖啡，周围此起彼落的古楼和清真寺的金黄色圆顶像山脉那样交错着，呈现出耶路撒冷的另一个模样。

　　我们坐着，安静地享受冬天里的旧城阳光。远处，传来清真寺的宣礼声，近处，哭墙边传来祈祷声，不冲突的低声道音频，在差异中有种和谐的宁静。

耶路撒冷的哭墙

　　毫无疑问，我已经开始享受这里了。

　　夜晚旧城里依旧穿梭着零散的游客。我们报名

P 71

夜游耶路撒冷

了骑行夜游耶路撒冷的观光行程。一开始我挺不情愿的。中国人有许多忌讳，深怕夜晚在一个埋葬圣人之地，沾惹到一些不必要的晦气。除了这方面有顾虑，更多的是恐惧。但是在李的陪伴下，在小雨中我还是穿过了白天经过的市集。

寒冷的空气让本来在日间就昏暗的角落，在夜里更显阴沉忧愁了。在哭墙边上稍加驻足，夜晚的日照灯将白天看起来斑痕累累的墙照射得更为雪白，而犹太人的祈祷声被哭墙反弹成回音游荡在黑夜的空气里。

那份沉甸甸的哀伤情绪，竟让我也跟着悲伤，或许我的不知哪个前世属于这里，在这片哭墙下，在两千年前的某个夜晚，我也在这里因为国破家亡而哀伤痛哭。

我和李继续在这个城市骑行。

"也许你上辈子真是个犹太人！"李想了想继续说道，"但我肯定不是犹太人，我觉得我没有他们那么聪明。"

"你说得有道理。"

凄惨的月光将我们影子拉长，他有一搭没一搭地继续说着。

"你说我上辈子是不是个阿拉伯人？就是那个阿凡提，我小时候特别喜欢他。"

"可是……"

"可是什么？"他问我。

"我记得那是个维吾尔族的故事吧!"

"啊!"李似乎在纠结,"那我前世到底是什么样的呢?神啊,救救我吧!"

"你为什么那么纠结所谓的前世啊。"我叹了口气,"你说你不理解犹太人,那你为什么要相信前世啊,我也想不通,人活好这辈子就很不容易了。"

"就是因为很不容易,才会更想看看自己的前世啊!"静谧的夜晚他的话听起来格外清晰,应和着这种景致,平时不怎么着调的人,似乎也真的忧郁起来了,"我想知道自己是不是有什么累世都在坚持的目标、都在爱的人,没有目标与目的,为了活而活,太苦了……"

"明天要去马萨达吗?"因为明白这种苦,且不知道该怎么回答,所以我转移了话题。

"去!"

马萨达永不再陷落!

离开耶路撒冷一路向南,沿途的一边是荒芜的沙漠及光枯的山脉，另一边则是死海。很难想象人们靠着骆驼能在这一大片极端荒芜的土地上创造出如此瑰丽的文明。更不要说在这山岩间能巧遇洞穴中藏匿的上千年的圣经手卷。我们现在能见识到的人类文明是需要多少的巧遇、机缘及生命的韧性才能够搭建出来的！

人类对民族文化的忠贞在这片黄沙遍野的山丘高地——马萨达表现得淋漓尽致。

马萨达是一个身处地势险恶的山脊上的古堡，俯瞰一片黄沙与死海。地形优势使马萨达成了一个易守难攻的堡垒。

当犹太人在公元70年被罗马人大规模地屠杀后，幸存者逃离了耶路撒冷投奔马萨达。罗马人听闻后，率领兵士前往，这个在罗马人眼中不需要一个星期就能攻下的地方，却僵持了三年无法攻陷。

在公元73年4月15日，逾越节那天，罗马人成功夺取了一座死城——城堡内的所有犹太人都已死去。他们并非弹尽粮绝，山上的967名犹太人为了避免被俘虏，决定集体自杀，而在《塔木德》一书中有则命令指出——人不可伤害己身，不可自杀，尤其如此。

于是，他们抽签选出十个人杀死众人，十个人中再次抽签杀死其余九人，最后一个人再自杀。每个延续下来的文明，

从马萨达俯瞰死海

漂浮于死海上

死海盐矿结晶体

都少不了英雄，他们英勇无畏，他们舍生忘死，他们用鲜血写下"士可杀不可辱"的生命绝唱，这段历史被铭记于后世人心中。重新回到这片领土的犹太人，在入伍时，都会来到马萨达，重温历史，许下"Masada Shall Never Fall Again！"（马萨达永不再陷落）的誓言。

再往前，是死海！

离开马萨达只有一条道路，是通往死海的，除了行驶的车辆，再也没有看到其他任何交通工具。没有想象中的骆驼队，也没有现代化的列车，只有一条笔直的道路在山岩与一片死海中孤独地等待着。

这里偶尔会出现现代化的温室农场，但是依旧没有任何的人影。

冬天的太阳非常强烈，死海的温度却不高。咸的发苦的死海周围都是已经结晶的盐，尖锐，硬实。

李的平衡感比我好，很快就能漂浮在死海上玩耍。我还在小心翼翼地试探，肌肤好似有数不清的伤口，同时向脑中心发出疼痛的信号，轻微的疼痛分不出方向，来不及反应，却能忍受。浮躺在死海表面没想象中简单，需要一些时间慢慢寻找平衡感。

"这不是很简单吗？"李在我面前嘚瑟道，"你看我。"他表演了一个好似侧卧的高难度的动作。

"是吗！"我使了坏心眼猛地推了他一下，他翻了一下，狠狠呛了口海水。

冬天不是来死海的季节，周围没有人，救生员两米多高的椅子在海边上孤独地站立着，所以我们有任何危险动作都会被哨声警告。

我慢慢地寻找着平衡感，终于能在死海上漂浮起来。这种感觉一点儿也不舒服，飘忽忽地不踏实，有点轻微的失重感。

我想起台湾北部有个地方叫宜兰，风景秀美面朝太平洋，离台北大概1个小时的车程。小巧精致的民宿里有冷泉和热泉的选择，或者可以穿插着去泡冷热泉。

据说这样能促进心脏血液循环，同时泉里的矿物质促进皮肤新陈代谢。死海边上为游客建立的水疗中心和它非常相似，从寒冷的死海跳进温热的硫磺泉，再做个全身死海泥按摩，实在享受。

结束死海之行，已经傍晚，太阳西下，我们错过了最后的一班接驳车，站在空无一人的停车场中，四周视野范围内没有任何建筑物，黄沙一片，连棵仙人掌都没有。李的方向感很好，大概知道酒店的方向，毕竟笔直的公路上也只有左右两个相反的方向。沿路没有什么车，我们开着玩笑，有车经过时，竖起大拇指来希望他们能停下来带我们一程。

天色渐黑，在没有任何路灯的公路上只能靠着微微的月光照亮。冷肃、干燥的空气，幽幽淡淡地笼罩着我们。在空无一人的沙漠和这孤单的道路上行走，我体验了一把美国西部电影里搭车族的绝望。

一台车经过了我们停了下来。

车主生气地对着我俩喊道："你们知道这很危险吗？"

在完全陌生的地方，突然被人像父母一样关心，在旅途中我的运气果然一直都很好。

他开着车带着我们回到酒店，没有跟我们要一分钱，"希望你们在以色列玩得愉快，记住别再做那么危险的事了！"

黑夜里，坐在车子前座的我，透过微微的车光，看不清他长什么样，只记得有一把大胡子、一个大鼻子，还有一双像父亲一样的眼睛。

下车后，我竟给父亲发了一条短信报平安。其实小时候每次出行都会给父母发短信或者打电话报平安，但是不知道

埃拉特海滩

怎么回事，这个习惯慢慢地不知道被我丢到哪里去了。

我越长大，他们离我越遥远，不知道是我走得太快，还是他们跟不上了，或许我应该停下，等等他们。

从埃拉特到佩特拉古城

我们最后一个景点选择了埃拉特，听酒店老板说，那里有很多神庙的遗迹,在以色列最南边,站在城市的高处可以看到以色列、埃及、约旦三个国家。

我们到这儿时气温比耶路撒冷提高了五六度以上。

在红海的沙滩上,细沙带着点舒服的温度,我们可以抽着水烟、喝着香槟,欣赏着夕阳。

"这才是生活啊!"李感慨道,"我觉得我上辈子未完成的使命是买一座岛。"

"我觉得是没有变成首富或者是某个国家的公爵大人。"我毫不客气地讽刺道。

"很有道理!"他吸着水烟,"还去佩特拉古城吗?干脆在这享受吧!也许这才是人生的意义。"

"这是你人生的意义!"我反驳道,"明天就走吧!"

"这里是世界级的潜水点!"他从躺椅上支起身子,望向我,"真走啊!你不想看看海底吗?机会难得啊!"

"那也不会比佩特拉古城难得。"我坚持道。

不知道你们记不记得《夺宝奇兵》第三部,哈里森·福特所扮演的主角印第安纳·琼斯为了追逐圣杯以拯救自己父亲的场景——他们骑着马匹穿过瑰丽狭长的岩壁峡谷,最后映入眼帘的是一个迷幻又神奇,在岩壁上像浮雕似的圣庙。

这是我看到佩特拉古城图片时冒出的想法。

那种壮丽、浪漫中带着异国风情的神秘感深深地吸引着我。也是自童年来我最向往的地点，所谓的 Dream Destination，也是这次以色列之行我最期待的行程。

佩特拉古城位于约旦国境内。从埃拉特过境到约旦，再到佩特拉古城要一个多小时的车程。

19世纪的英国诗人 J.W. 柏根一首诗里的一句："这座玫瑰红的城市，其历史有人类历史的一半。"

所以佩特拉古城也被称为玫瑰红城市。日光下蜿蜒迂回的岩壁狭道透出温柔得像红丝绸般的玫瑰色。在那不远处的尽头，最有名的也是电影里让我魂萦梦牵的神庙，在岩石的夹缝中一点点地掀开面纱出现在眼前——时间静止，当下的我根本顾不上拍照，而是站在神庙前仰望着它。儿时开始不断幻想出来的画面在那一刻瞬间按下暂停键。

"神庙里藏的是什么？有宝藏吗？还是什么文物？或者是有神秘能量的宝物？"

虽然早就知道神庙里空洞洞，只是充斥着游客回音的巨室，但是它就是深深吸引着我的好奇心。后来我翻了书才知道这叫卡兹尼宫殿，确实是以前摆放宝藏的地方。而佩特拉

约旦佩特拉古城

约旦佩特拉古城

是一个比卡兹尼宫殿大几倍的城市,屹立于这世上最干燥的沙漠中。

两千年前这里是商业运输中心,运输着从埃及、中国、印度、罗马、希腊、阿拉伯而来的商业物资。所以人们要在沙漠里建造像拉斯维加斯一样的人造绿洲,有学者说在《旧约》里摩西"点石出水"的地方可能就是佩特拉古城。

古城中的细节能展现当时的水道工程和城市规模。因为上千年来,这里被当地的游牧民族保卫着,藏匿在山岩中,外人也只能耳闻传说,这也造就了它与生俱来的传奇色彩。

"我只拍景色不拍人像,不然像那些凑热闹的世俗游客一样。"李兴冲冲地说。

"我们不就是游客吗?来到我的 dream destination 还不能拍照吗?"我拿起相机伸长手臂拍了张自拍,留下了跟佩特拉唯一的合影,"清醒一点,没有谁能摆脱世俗。"

我和李爆发了第一次争吵,就像是小朋友去了游乐园被拒绝玩过山车。李非常惊讶我这种好好先生,居然也会这么凶巴巴地吵架,这场争论终止于他的大笑,他觉得发脾气的我很有意思,完全没办法和我吵下去。

我懒得和他计较,在我的 Dream Destination,我放肆地奔

约旦佩特拉古城

埃拉特海滩

跑，呼啸的风声下满目寂寥，李不知道从哪儿拿来的酒，天空慢慢暗淡下去，我们两个人躺在黄沙上，气温降低似乎是一瞬间的事，头顶的星空开始闪耀，我听到它们在放声大笑，因为宇宙也是个偏僻的地方。

孤独感再次袭来，在这苍茫的天地间，我没有一丝排斥，甚至心生欢喜，过了好久才明白，因为孤独即是自由。或许我上辈子不是犹太人，而是我的灵魂像犹太人一样，永远在旅途，永远在流浪。

第三站・墨西哥

no.3 Mexico

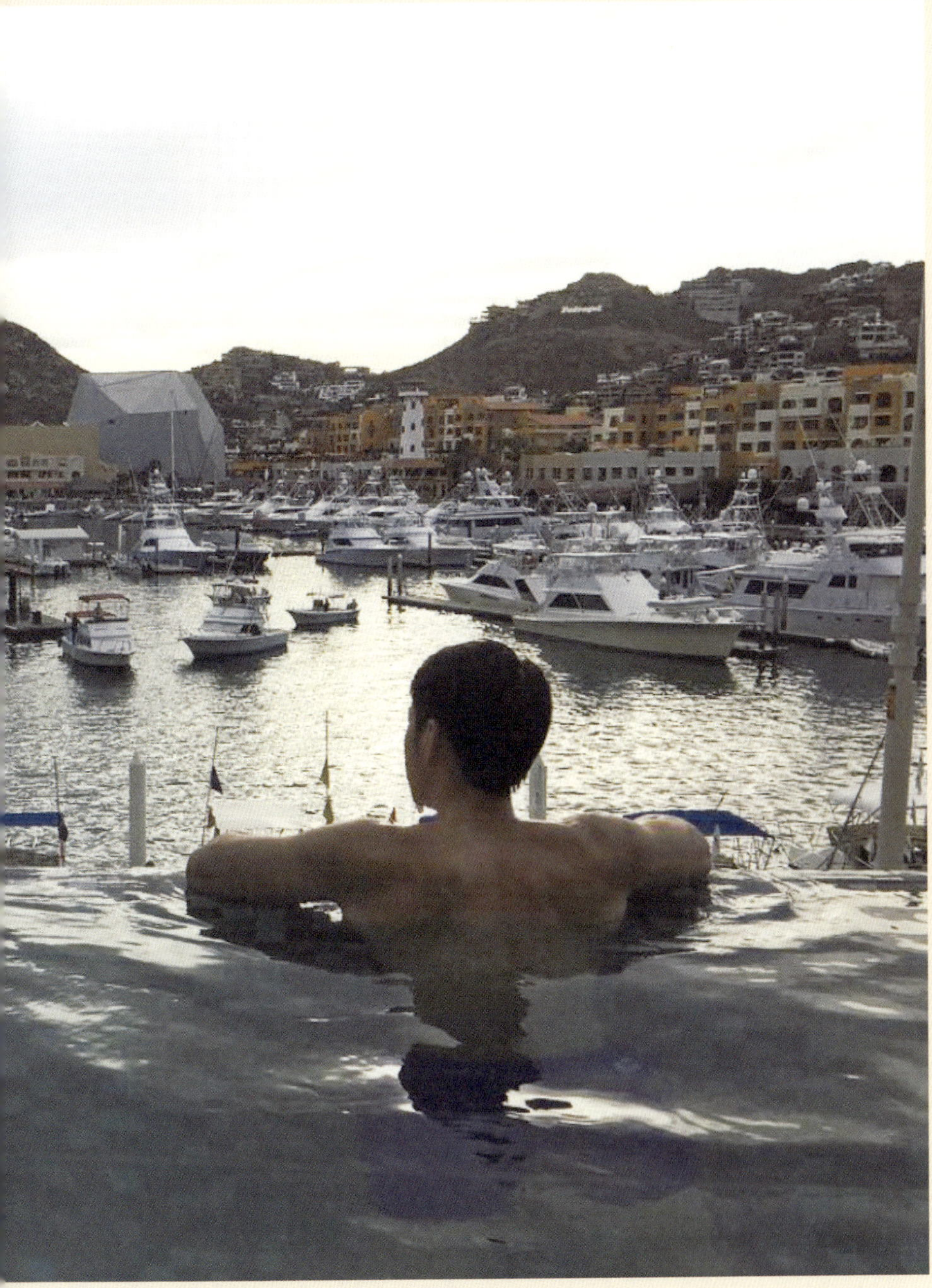

回忆里的墨西哥

《斯通纳》这本书是我在去墨西哥城的飞机上读到的。它没有什么波澜壮阔的语言与场景,普通到就像大多数人平庸的生命,主人公斯通纳家境平平,天赋平平,感叹着大多数人的感叹,一样被战争震撼,然后为爱情昏头,最后安然走完一生。

我和斯通纳共情,好似自己也是大多数,在飞机上竟感到一阵一阵的难过,承认自己平庸或是普通,没有我想得这么坦然。

尽管我总是嘴上说着自己无趣与普通,却不真正认同这一点,多无聊的人生,好像真得妥协一样,越努力,越拼命追寻,最后所有一切都会化为没有人可以撼动的虚无,无意义感压迫着我。

我多怕自己就这样到了四十岁——

往前，看不到任何自己想要的东西；往后，看不到任何值得费心记住的事物。

飞机在旧金山经停。在候机室我接到了经纪人的电话，他在电话那头指责我因为一些莫名其妙的理由而推拒了好几个工作机会。

事实上，我去墨西哥这件事早在一个月前就和他打了招呼。从以色列回来后，我勤恳地工作了很长一段时间，原本打算忙完就回家看父母，机票都买好了，却得知他们二人去圣地亚哥看望二姑姑了。

我翻阅着二姑姑的朋友圈，阳光平铺在马路上，她开着车，我的父母笑得比阳光更加灿烂明媚。世界那么大，人生那么长，他们好不容易可以去看看这个世界，我不忍心打扰，便打算去墨西哥玩玩。

与其说是玩玩儿，倒不如说是找回忆。小时候，二姑姑和二姑父就带我来墨西哥旅游过。那时候的墨西哥城还是比较破败的，街道两侧是卖着各种各样小玩意儿和吃食的商贩，他们逮住游客就强买强卖他们制作的高帽，色彩叠加的宛如一个巨大的水果蛋糕。

洛斯卡沃斯外海鲸鱼

我害怕与人交流，却被贩售商品的女人拽着，二姑姑跑过来看我笑话，问我想不想要。我记得出发时，爸爸妈妈特意交代过，我要听话懂事，彼时我对听话懂事的理解特别单纯——既不给二姑姑带来麻烦，也不要她为我破费。于是我摇摇头，二姑姑却自顾自买了一顶，直接盖在我头上。

我们继续穿梭在喧闹的集市中，周边全是看起来不怎么友善的大叔、大妈们，张牙舞爪地叫嚷着我听不懂的语言。我感受到脉搏跳跃着，越跳越强，越跳越有力，紧接着心慌，头晕目眩，似乎有人拖拽着我，往一个陌生的地方去，然后是一阵喧闹，我听到二姑姑和二姑父焦急的声音，好一会儿我才缓过来。

此后，他们带我出去玩总会避开人群密集的地方。说起来，我比斯通纳幸运，在我十八岁以前，便去了不少国家，先是到美国，然后是加拿大，转学搬家是我十八岁以前的主基调，在很小的时候我看书学到了颠沛流离这个词，便觉得它在我身上格外贴切，且这几个字的语调总带着点特殊的美感，我便越来越喜欢用这个词。到后来，真正一个人去北京闯荡，便再也没有用过这个词。

为死亡狂欢

将近二十个钟头的飞行，我完整地读完了《斯通纳》，我没有办法避免这种结束一件事情后的失落感，通关了一个游戏、看完了一部电影、读完了一本书……我本能地拒绝结束，就像人本能地拒绝死亡一样。

但墨西哥不同，很早我就知道墨西哥的不同，从奥克塔维奥·帕斯的书里。

> 对于纽约、巴黎或者伦敦人来说，死亡是他们轻易不会提起的，因为这个词会灼伤他们的嘴唇。然而墨西哥却常把死亡挂在嘴边，他们调侃死亡，与死亡同寝，庆祝死亡，死亡是墨西哥人的玩具之一，是墨西哥人永恒的爱。

我来的凑巧，落地正是10月31日，明天和后天便是墨西哥的"亡灵节"。我既好奇，又恐惧。机场已经挂上了骷髅头装饰，彩色的、逗趣的，各式各样的骷髅头，奇异的是，这一点也不恐怖，也许和此刻的天朗气清脱不了干系。

节日氛围浓郁，我到市区后，更是如此。规整的绿化带竖立着一个又一个西班牙语提示牌，上面贴着可爱的骷髅头和十字架贴纸，有些商铺甚至将门装扮成西式棺材的模样，大大的十字架竖立着，只不过被绘制成了粉色。

我感受不到一点儿悲伤的气息，他们大大咧咧地庆祝着死亡。为了近距离地感受这场狂欢，我的酒店定在了墨西哥城的一个小旅馆，老板娘是个红头发女人，幸运的是她能和我说上几句英语，而且脾气不错。

她为我端上了一杯墨西哥咖啡，热气腾腾，整个屋子都是肉桂与可可混合的香气，"市里的酒店都快住满了！每一年亡灵节，都会涌来许许多多的外国人，不过亚洲面孔还比较少。"

"东亚文化对死亡比较抗拒，亚洲人到墨西哥来一般都是去欣赏美丽的海岸线，或是在奇瓦瓦沙漠里数星星。"

"可是你们不会思念死去的亲人吗？"她疑惑道，"还是你们中国人可以不死？我听说过你们那好像可以修炼，能从很高的地方跳下去，活两百年甚至三百年？"

"呃……那是我们那边的小说，就像漫威里的英雄，不是真实存在的。"我斟酌着用词，继续道，"中国人也会思念逝者，在我们那有清明节和中元节，我们会烧很多很多的冥币，担心亲人钱不够花。但我们去他们的坟墓前，都是悲伤的，如果大笑或是载歌载舞，会被认为是亵渎死者，庄严与悲伤是我们给离去亲人的尊重。"

"截然不同的方式！"她笑了笑，"希望你能在亡灵节上玩得愉快。"

"谢谢。"

这夜过得很快，我是被圣灵巡游队吵醒的。我站在二楼的窗前，望不到队伍的尾巴。大人与孩子们都带着骷髅面具，踩着音乐的节拍，人们抬着巨大的骷髅架，还有骷髅巡游车，有人捧着万寿菊，还有人大把大把撒着菊花的花瓣，就像迪士尼的花车一样热闹。

全部都是与死亡相关的元素，却迸发出蓬勃的生机，热闹的音乐、热闹的舞蹈，他们喧闹着，有点像万圣节，又不全是，我想与他们一起狂欢，又害怕人群将我淹没，于是只在远远地观望着。

老板娘告诉我，11月1日是"幼灵节"，这是用来思念家中死去的孩子的，而11月2日是"成灵节"，它用来缅怀家中死去的成人。这是一场纪念死亡的狂欢。

洛斯卡沃斯酒店一角

在海边

让人惊喜的是我的好朋友也到了墨西哥，不过他是和女朋友一起到洛斯卡沃斯度假的，他在视频那头热情地对我发出邀约。我正好需要这样一场放松的偶遇，而且Justin也是我大学时期最好的朋友，多方原因，让我一刻也不想在墨西哥城停留，当天傍晚我就到了洛斯卡沃斯。

云朵宛如一个又一个慢悠悠漂浮在空中的蝴蝶结，白色的、淡橘色的，还有橘粉色的。沿着漫长的海岸线，我看到了一排又一排豪宅，这里和美国加州马里布没有什么太大的差别，甚至绿化比绝大多数城市还要优秀。

这绝不是记忆里的墨西哥。

如果墨西哥城里的建筑还有我儿时的影子，那这里可以说与我记忆里的墨西哥完全毫无关系。

这里没有脏乱的集市和舞来舞去的大爷大妈，唯一熟悉的是偶尔路过的墨西哥人头顶还是带着那种水果蛋糕一样的帽子。

我应该好好享受这段旅行，好好热爱如玫瑰般的阳光，以及温柔的海滩。

租住的酒店窗外是太平洋，大洋彼岸就是北京，但是隔得很远很远，远得可以让我忘记纷杂的工作，忘记世俗裹挟下那个平庸的我。

现在我就想在海边待着，在细白沙滩上享受日光浴，喝瓶香槟，看本书，慵懒地在阳光下睡个觉，然后再和Justin那个热闹又放肆的家伙见面。

说起来每年我都要去海边度假个两三次。从最开始的毛里求斯，到巴厘岛、马尔代夫、迈阿密、普吉岛、加勒比海……

我对海岛的要求也慢慢形成了自己的标准。但是在洛斯卡沃斯，我感到非常闲适和自在，或许是因为曾经来过。这里透露出一种自在，也可能是离在美国的家人近一些的缘故吧。

我挑选的这家酒店是新开的。房间崭新得就像张A4纸，静静地等待油墨的洗礼。窗外私人泳池的下方就是洛斯卡沃斯港湾，停泊着各式游艇。

远处一条巨大的黑褐色海盗船，伴随沉厚的低音炮有节奏地行驶入港。船上的年轻人拿着啤酒、穿着泳裤泳衣疯狂着，在船只入港的黄昏前挥洒自己的荷尔蒙。

与之前常去的马尔代夫一岛一酒店的氛围不同，洛斯卡沃斯多了人间烟火气，有了更多的年轻面孔，他们嘶吼着青春，

洛斯卡沃斯墨西哥玉米片

伴随着酒精、香烟,在一个个灯光靡丽的酒吧里,无所忌惮。

以前到海边度假,我鲜少去度假酒店以外的地方。大部分时间都只是在酒店的配套泳池和沙滩上享受独处的时光。

所以度假酒店的食物是不是合乎胃口、酒水是否丰美,成了我选择酒店的重要考量。而西班牙料理对美食和美酒有自己的一套标准,尤其是海鲜,我只需享受即可。

塔帕斯(Tapas)从下午两点就开始供应,一直到晚上8点,晚餐前配上从西班牙进口的白葡萄酒和卡瓦酒,立马能让你被太阳过度亲吻的肌肤感到冰爽。

我拍了一张照片发到家族群,顺便打上了一份关于洛斯卡沃斯的介绍,试图诱惑妈妈他们到这边来度假。

"这么大的太阳会晒黑的吧!"母亲率先在群里发言。

"墨西哥,去墨西哥干什么,又不安全。"二姑姑跟着说。

我饮了酒,根本不敢出声,以后再也不瞎尽孝心。好在我的父母开明,即便守着自己的规矩,也一直尊重着我。他们不像传统父母,将儿女的婚事当成自己的婚事,到了岁数就渴盼着尽早抱上孙子、孙女。他们包容着我的选择,只不过早些时候总会想要我给予更多的陪伴。

可惜我总是过于木讷,或是将陪伴看作家累。时代抛弃了他们,于是我也想要抛弃他们。当我清晰地意识到自己的问题时，想回到台北，却不能满足自己心中想要"尽孝"的想法。

我一面庆幸，自己家中有个别具一格的二姑姑，让父母走出家门开始去欣赏着大千世界，可是我心底还是难过，好像当我意识到自己应该怎么做时，问题却已经消失了。

老友重逢

我终于见到了Justin，他是我大学时期的好朋友，也是为数不多一直能保持联系的人，我做作地给了他一个拥抱，开始用各种夸张的言辞表达我的思念。

"Justin，真有你的，那么久不见！喝一杯吗？"

"我要把你灌成海鱼！"

让我想想，后来发生了什么，他喝了四五杯酒，拉着我直说自己喜欢上了一个土耳其姑娘。

"你知道，爱情这玩意儿来了挡都挡不住，她太美了。"Justin继续灌酒，"她真让我心动，甚至是结婚，对，结婚，让上帝看看我对她的爱！"

洛斯卡沃斯海港

"你不是说结婚会限制你的自由,只有你父母那辈老古董才会选择让上帝证明爱吗?"

"Andy,总有些人是不一样的,值得你去破例,值得你去用一生承诺。"他望着我,眼神恳切,"我是认真的。"

"好吧!"我耸耸肩,不大在意。Justin 的酒量大不如从前,大学时候的他经常一整夜一整夜地喝,我从未见过他醉醺醺的样子。他踉跄着身体,跳上了舞池,在欢快的音乐中,动作流畅,直到他跳累了,回到我的桌前。

我一时分不清他是真醉还是假醉,他扯着我絮絮叨叨。

"Andy,你还没有女朋友吗?"Justin道。

"没有,也许以后会有吧。"

"不用以后了。"Justin朝我暧昧地眨眼,"看,那边那个热辣的金发美人,一直看着你。"

"你知道的,我一直比较喜欢一个人。"

"好吧,兄弟!"他还想说什么,眼神望到了一个披着头发的漂亮女人,他凑过去,和那名女人拥抱,不要脸地亲吻女人的脸颊、鼻子、嘴唇……

这家伙才说着自己多爱那个土耳其女孩……

他拉着那名女孩向我走来。

"这是我的女朋友!我的新娘!"他喝醉了,一米八的大个儿靠在女孩身上,女孩朝我笑了笑,带着Justin走出酒吧。

老同学和他心爱的女孩离去了,重色轻友的家伙,我一直知道他的德行。当初总觉得这人是一阵风,现在在这儿,也许很快就到了别的地方。如今看来人都是会变的,哪怕是风,也会为了心爱的人停留。

我目送着他们离开，自己投入了舞池，在异国他乡放纵享受，再也没有了负担。就像洛斯卡沃斯外海的座头鲸，自由自在地跟随自己的心情跳跃在海平面上。没有束缚，也没有压力。

我尽情歌唱，没有人想看我也乐在其中。几个陌生又似不陌生、从不同地方来的人围着我。

太阳从海平面升起，金色的云在飘摇，海盗船又一次出航，男男女女们睡眼惺忪地在船上等待夕阳的到来，低音炮的节奏再次响起，即使日子多么平凡，于我来说，都壮丽如大江大河。

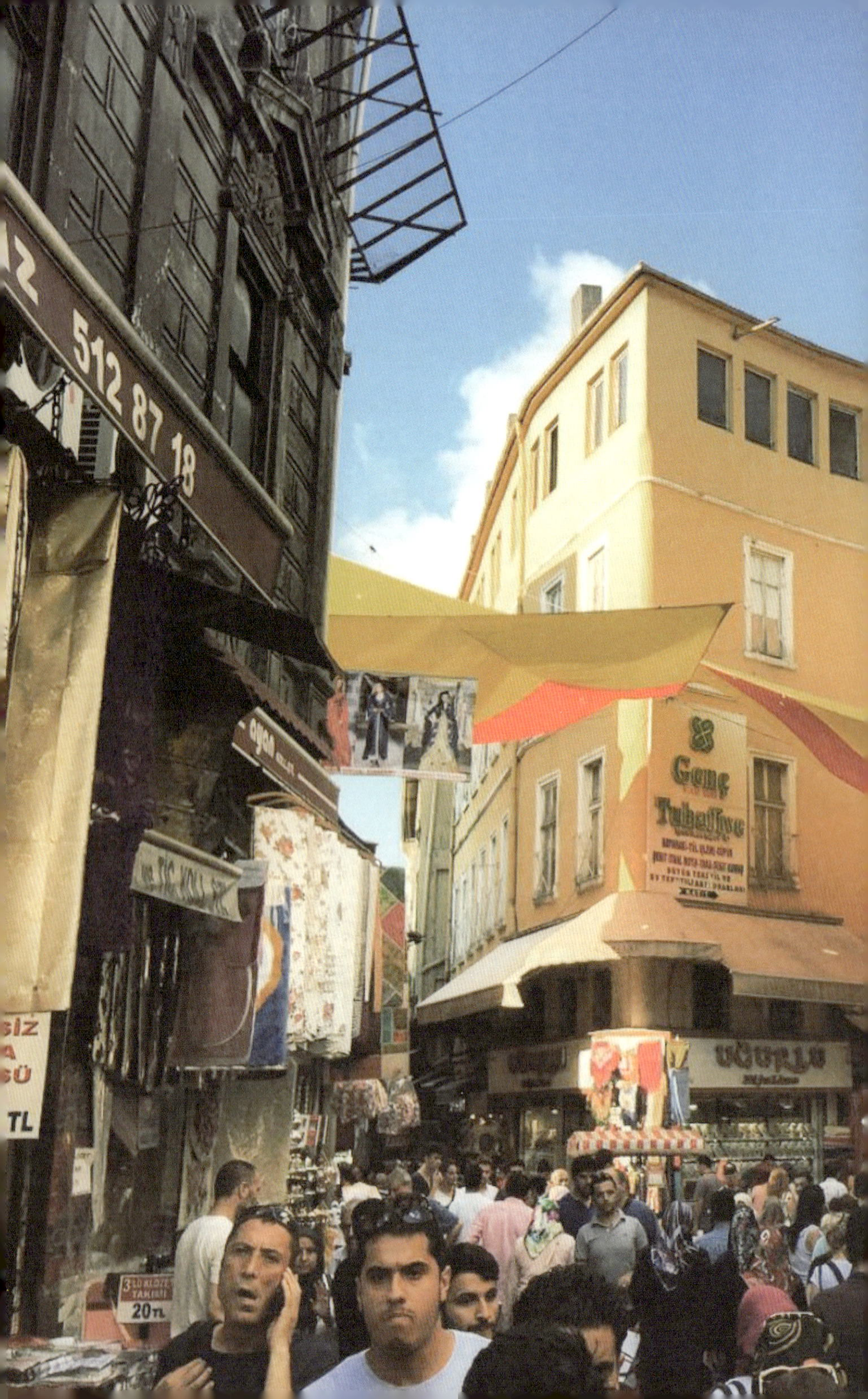
512 87 18
Genç
Tuhafiye
UĞURLU
20TL

no.4 *Türkiye*

第四站・土耳其

一个国庆五个婚礼

我望着面前的请柬发愁,那些喊着不婚不育的朋友们一个一个都迈进了人生的新阶段,且不约而同地选择在国庆假日举办婚礼。

"飞哥,你不打算结婚吗?"同事问我。

"不打算。"我说,"我没有勇气去承担另外一个人的一生。"

"哎!飞哥,我和你想的一样!"同事惊奇道,"不过我是怕自己做不好,如果是飞哥应该可以吧。"

"可以吗?"我挑了挑眉,"我连这些朋友的婚礼都想躲耶。"

"躲去哪儿?"

"不知道。"正在这时,我接到Justin的电子请帖,一张一张结婚照闪过,Justin与女生幸福相拥,那女生不是别人,正是一年前在酒吧和Justin拥抱的那位,结婚地点果不其然是土耳其伊斯坦布尔。

难怪那天在酒吧装醉,原来是为了获得女神的芳心,只怕海岛酒吧才是他们定情的地方。

"去土耳其,帮我订机票吧。"我对同事说。

"飞哥去土耳其旅游吗?"

"嗯……参加婚礼。"我苦笑道,"有些事是躲也躲不掉的。"

这次出行又是我一个人,因为要参加婚礼,我在行李箱里准备好了一套西装,其余的都以舒适为主,各种各样的T恤、牛仔裤。我从来没有去过土耳其,因此对这场旅行充满了期待,连心情都变得快活起来了。

婚礼对我而言始终是别人的事,也许我会参加很多人的婚礼,但我从未将自己代入过新郎的角色——不,不只是新郎,我甚至没有想过自己会成为一名父亲。我不想将自己限制在一个狭窄的巷道里,这种感觉很难解释。

很多家庭里几乎没有爱情的成分,父母之间能说的话除了柴米油盐就是孩子,理想与爱情被逼到了很小一个角落，他们依赖现实维系关系，一切看起来很正常，但也仅此而已。

我知道会有很多人反驳我，现在的自由恋爱和以前的包办婚姻是两回事，可是在此之前，所有人都觉得爱情理所应当，地久天长。

可事实如此吗？你再留心观察一点，哪怕你只是观察自己，有多少敢说自己在恋爱里在婚姻中没有起心动念，想过别的人呢。

继续将你们捆在一起的是什么？

熟悉感，还是依赖感，抑或离开了这个人也许找不到更好的了。

所以，为什么要信任爱情？

普通人憧憬它，文学家歌颂它，但是我不信任它。

爱情固然美好，却也脆弱。

土耳其

阳光晴好，我坐在圣索菲亚大教堂旁，与鸽子一起喝咖啡。

也许是我太过悠闲，连老天都看不下去，罕见的，我接到了一个催婚电话。它不是来自我的父母，而是我结了婚的朋友。

他大肆宣扬着新郎与新娘多么恩爱与甜蜜，讨论着不知道什么时候可以吃上我的喜酒。我心中反感，却还是耐着性子敷衍，对家庭与婚姻的排斥似乎比我自己想象得严重许多。

而我知道根由。

我的母亲曾经说过，她这辈子都献给了小孩跟家庭。所以当我做了一些不如她意愿的事情，她会表现出一种幽怨的情感，包括她时常强调自己的奉献，所追求的也是我们去满足她的想法。

我怜惜我的母亲，因为我常想，如果她这辈子过得自由自在，如果她人生中最美的色彩是她自己，而不是家庭，她会不会依然精彩。

所以我极度排斥以家庭为主的观念。如果每一个人都把自己活得精彩，如果每一个人都爱自己，胜过爱别人、爱家庭，这样就不会在爱情或者任何情感中迷失自己了吧。

我因过分愁苦，看到天上的云朵都变成了惨淡的样子。隔壁桌子有人用咖啡渣算命，我起了兴致，凑过去听。

那个小伙想看自己能不能追到喜欢的姑娘。女巫捧着咖啡杯解读,我不懂土耳其语,只能通过眼神和肢体动作猜个一二,大致是说,那个女生虽然喜欢他,但是碍于家庭,不敢坚定地选择他,因此他们会错过彼此。

小伙看起来有些受伤,离去时魂不守舍,每个国家的年轻人大部分愁苦的缘由好像都是爱情。

太无聊了,我失去占卜的兴趣,回到自己的位置上继续喝咖啡,那名刚刚给小伙占卜的女巫坐到了我的对面。

"你喝完咖啡了,可以给我看看杯子吗?"她用蹩脚的英语问我,眼睛里黑白分明,定定望着我的时候,有一股说不出来的力量,就像深沉的夜,让人无法拒绝。

"可以。"

我按照她提示的步骤,将盘子盖在咖啡杯上翻转,然后想着自己心中的问题逆时针转了三圈,倒扣在桌面上,然后等待咖啡渣冷却后,将咖啡杯递到女巫面前。

"需要我将问题告诉你吗?"

"不,不需要。"她接过杯子,仔仔细细地观测,"你很混乱,也很迷茫,但是你终将会冲出迷雾。"

"谢谢,请问多少钱?"

"不需要,先生,祝您愉快。"说完,转身离开。

偶遇小猫

我内心平静，对这位女巫的占卜并没有特殊的感觉，我的迷茫是挂在脸上的，她能看出来没什么值得惊异，而那句"终将冲出迷雾"也没有任何价值。

哪怕编写进心灵鸡汤也没有什么违和感。

我又点了一杯咖啡，意外的是，我居然很喜欢这种用沙子烘烤的咖啡，粗粒感就像土耳其的街道，很有韵味。

在我不注意的时候，一只小猫轻轻地扫过小腿钻到桌下，探出头来想要讨一些桌上的食物，就像我一样，与人亲近但是又保持着距离。伊斯坦布尔也叫"爱猫城"（City of Cats），和流浪猫一样，我也在这儿"流浪"。我把桌上的食物给小猫，准备好好游览身旁宏伟的教堂，希望上帝可以宽恕一个自私的人。

圣索菲亚大教堂1500年来历经多次战乱，被不同的宗教占领，现在依然可以追寻到它辉煌的历史。

金碧辉煌的马赛克圣象，直径33米、高55米的穹顶，处处令人惊艳。由于圣索菲亚大教堂太超现实的美，当时穆斯林征服拜占庭帝国后都不忍心摧毁这座帝国的骄傲。他们用石膏掩盖住基督教神像的马赛克壁画。再用《古兰经》的文字悬挂在内部四周，外部多加了几个代表伊斯兰教的尖塔。在不同宗教文化碰撞下，经过历史的洗礼，居然迸发出一种诡异的和谐感。

毫无疑问，这种和谐感是美的。

圣索菲亚大教堂

婚礼当日

该来的躲不掉，尽管内心纠结、排斥，现在的我还是在伊斯坦布尔的酒店里换上准备好的黑色礼服、腰封、领结，在镜子前梳了个油头，坐上了加长礼车。

我现在准备去参加 Justin 的婚礼。家庭教育给予我的涵养是哪怕排斥，至少应该更多地了解情况，不可片面去下定义，更何况我所看到的婚姻只是些老夫老妻，也就是我的爸爸妈妈，还有周围的叔叔阿姨。

生活磨灭了他们的爱情，但是他们的爱情被赋予了全新的能量，相濡以沫之后留下的是更可贵的亲情，我安慰着自己。

当然，这种感情对于一个向往自由的年轻人来说毫无浪漫可言，所以这也成了我参加 Justin 婚礼的主要动机之一。

我记得他说过，他深沉地爱着一个土耳其女孩，于是他放弃了在美国的一切，追随着他心目中的女神来到一片完全陌生的土地。眼看这婚礼的派头，新娘家庭在当地应该挺有实力的。

我乘坐的加长礼车经过伊斯坦布尔富人区，成排别墅坐落在山坡上。豪车们在这个周末夜晚挤满了只有双向两车道的小路上。

　　土耳其人真的挺漂亮的，占据着地理优势，承袭了欧洲、亚洲人的优良血统。我们到达一个港口，坐上一艘高级游艇，行驶到海水中央的一座岛上。

　　婚礼派对就在岛上举办。四面落地的玻璃墙，能看到隔岸伊斯坦布尔的灯火和圣索菲亚大教堂。古老且热闹的一个城市，美不胜收。

　　因为Justin是美国人，所以当天结婚典礼不是传统的土耳其婚礼，而是西式的，足见新娘家的包容。很快双方家长致辞，男方致辞，派对在一首高加索风格的音乐后正式开始了。

　　朋友们来自世界各地，个个都欢欢喜喜地在婚礼上饮酒言欢。在新郎新娘的领舞下，舞池内的欢笑都要溢出来了。

　　我在角落的一桌喝着当地的葡萄酒，看着这欢快的场景，我内心竟涌出了莫名的渴望，我拿出手机拍了一段婚礼的长视频。

　　婚礼或许本就是如此的欢快，是我妖魔化了婚姻。酒精上头的我站在湖边上，Justin没空理我，今晚是他人生中最幸福的时刻，我忽然觉得有些难过，自己好似天边闪烁的凉星。我将视频的最后定格在黑夜里的圣索菲亚大教堂，它依旧宏伟，静静地伫立在那里，仿佛要将人吞进去，它分解掉我身上那些无用的、没意义的思考，譬如说对自由的向往，或是对生命的思考，等它分解完这些，然后再把我吐出来。这时候的我啊，已经作为一个完整的人，将宗教看作信仰，有了追逐的目标，获得了精神上的满足。在教堂的见证下，我从出生到结婚再到死亡，度过如此完满的一生。

这样孤独的人世，和大多数人一样，就不再孤独。

土耳其浴所和东北澡堂

我忘记了婚礼之后发生了什么，酒精让我难受了整整两天，再次见到Justin，是在傍晚，他别出心裁地把我带到了土耳其当地的浴所，也就是所谓的澡堂子。

因为他老婆是伊斯坦布尔当地人，所以他对当地早就轻车熟路了。浴所面积比我想象中的大，处处蒸气弥漫，虽然光线充足但也不是看得特别清楚。

从墙面到地板都是大理石打造的，四周布满了水滴，像是一个特大版的蒸汽室。浴所外有个清真寺，每到一个特定的钟点就会听到寺里祈祷声透过天窗回荡在浴所的大理石间，有一种近乎魔幻的真实感。

洗土耳其浴有这样几个步骤：

先是用热水冲洗，再到蒸汽房中待个几分钟，等待角质软化后，再到澡堂中央的圆形高台上让老师傅们拿着毛巾在全身搓澡。老师傅的力道让原本以为会是很享受的土耳其浴，变成了折磨。

"你不习惯吧？"老师傅得意地问，"你是第一次洗土耳其浴？"他拿起毛巾上搓出的死皮跟我炫耀了一番。

"中国北方也有浴所，步骤几乎差不多，也会有一个熟练的老师傅，但是我们会放牛奶，也有放盐的。"我向Justin介绍了中国的澡堂子，"你到中国的时候可以尝试尝试，对了，我们的师傅，也会和你炫耀他搓出的死皮。"

Justin很惊讶，他以为这是土耳其特有的。

"你到北京我会招待你，澡堂子必须试试。"一定要师傅往死里搓，我将这句话藏在心里，没有说出口。我这身死皮还不是拜他所赐，刚到土耳其的时候，我兴致高涨，问他应该去哪里玩，他马上给我指路帕加马（Pergamum），这一趟直接把我晒得那叫一个皮开肉绽。

俯瞰伊斯坦布尔

罗马时期的家文化

说回四天前，我独自一人飞到伊兹密尔（Izmir），隔天就迎着火辣辣的烈日洗礼，到以弗所（Ephesus）和帕加马（Pergamum）——两个代表罗马帝国的观光地。

这是Justin推荐的地方，但是他一点儿也没和我说这里的气候环境，我因全心全意相信他的安排，没有带任何防晒用品，就好像一块腊肉，在这几个景点，好像要与这里的遗迹一起被风化和暴晒了。

庆幸的是，希腊罗马时期遗留下来的石柱和精心雕琢的浮雕让这个已经成为废墟的古城依旧能散发着2000多年前的绝代风华。这样一来，我吃的这些苦头还是值得的，不然付出这么大的代价，只看到一片哭嚎的断壁残垣，我和Justin的友谊或许也会被埋葬在这片古迹之中。

帕加马拥有世界上海拔最高的剧场，也拥有古代规模仅次于亚历山大城的图书馆。以弗所是另一个古罗马时期的大城市，那时候估计有人口25万。

整座城市最主要的街道旁都是破碎的罗马柱。而早在古罗马时期，城市的下水道系统是很发达的，沿街都有人工喷

在帕加马

泉遗迹。连洗手间的马桶都已经是很有系统地并排陈列着。

以弗所也完美地保存了两千年前古罗马时期最具权贵的住家，很像中国的四合院。一个中庭由罗马柱围绕着，四周一到二层楼都是布满了马赛克及浮雕艺术的卧室。一定意义上看得出，在中国与意大利文化中，家庭的重要性是一致的。

到现在我已经不排斥家庭，不管是欧洲历史躲不开的神本位与家本位文化，还是中国以家庭宗族为中心，绵延了几千年的传承，本质上都是为了满足，哪怕到了现在，消费主义贯彻始终的人本位,最终目的也是一样的。不同的是他们在神像下得到满足,从茁壮成长的后代那里得到满足;而现代的我们,在无意义感里面前行,在消费里面满足。

和 Justin 一起

"买个大房子,有几个孩子应该会是挺不错的,简单又朴实,努力努力,应该不难实现。"我在欧亚跨海大桥下的餐厅外幻想着。没有意识到旁边的 Justin 抽着水烟看着我在那傻笑。我尴尬地随便问了他一句:"你准备好婚姻生活了吗?"

"这个是准备不了的,就像生小孩一样,都等到准备好再生,永远都不会有那么一天。还不如趁着头脑发热,把事情办了。其他就顺其自然。"

"如果你后来发现你无法接受婚姻生活呢?"我皱眉问。

"离婚,如果没有办法接受,那为什么要相互折磨?"他理所当然地回答,就像说出谈恋爱可以分手那样轻率。

"那这样和谈恋爱有什么区别，婚姻怎么是两个人的事情呢，说离婚就离婚，婚姻是有责任在里面的，你们对着上帝发过誓的。"我不满道，"为什么你们美国人对待人生总是轻描淡写。"

"是你想得太多，Andy。"Justin难得认真严肃起来，他收了水烟，"哪怕对着上帝发过誓，他也不能剥夺我的权利，结婚还有离婚都是我的个人选择，你总是顾及太多，想要把事情都做到完美，这怎么可能呢？为什么我要阉割自己的感受，去维持一段可笑的婚姻，这对我的妻子尊重吗？如果我不能够继续爱她、保护她，理应有更好的人去爱她、保护她。"

"荒谬。"我抑制不住愤怒，"婚姻应该区别于恋爱，如果我结婚了，我一定不会草率地离婚，所以我更不会草率地结婚，我希望我的婚姻里面有爱情，如果没有，那至少有尊重还有责任。"

Justin想要插口，我没给他机会继续道，"我不像你总是什么都不想，选大学的时候也这样，结果去了自己不喜欢的专业。"

"有什么问题吗？"Justin疑惑道，"我上了一学期就争取转专业了。"

"没事，即便在西方长大，我的思维还是非常中国，你没有问题，我也没有问题。"我坚持道，"我还是坚定地认为婚姻里面需要责任，它区别于恋爱。"

"好吧！"他耸耸肩，看起来不想再争论下去，那是开玩笑的，"按照我老婆的势力，哪怕我真的后悔想要逃跑，应该很难做到活着走出土耳其，这也算是婚姻的保障之一吧。"

其实我心里一直都很羡慕Justin那种随性，率性的个性，自由自在，无忧无虑。婚姻，对我来说是最窒息的承诺，他却可以那样的云淡风轻。

中国人刻在骨子里的责任感，一直影响着我，说不清是好事还是坏事，但我一直感激，至少这可以提醒我，不要轻易许下承诺。

还记得那时候我刚到美国读高中。刚走进教室坐下，坐在我前面的Justin开始热情地介绍自己。因为学校里也没有其他亚洲人，所以他很好奇地问了我一连串关于中国的问题。

他是个典型的美国人，深邃的五官，金黄色的头发，碧蓝色的眼睛。就像许多加州的孩子一样，充满了活力。而且对中国文化充满兴趣，有一天他让我将他名字Justin翻译成中文，而我回家在一张 A4 纸上用毛笔字写了"杰斯顿"三个字送给了他。为了写好字，我练了半叠纸。

我的收藏品

伊斯坦布尔街景

开始我的收藏之旅

我懒得和Justin讨论这些问题,他在艺术上有些许天分,不管是对画作还是设计,他带我走进巴拉特(Balat)区在山坡上的一家画廊。

"巴拉特区是伊斯坦布尔最酷的区域了,有很多有趣的小店画廊、咖啡馆。而且伊斯坦布尔很特别的一点就是你可以在这座城市感受到新与旧的碰撞。可能在某个古老的宗教博物馆旁就是一个当代艺术走廊。"Justin这样介绍道。

"这有点像北京的798,文化艺术之间的碰撞,每个角落都是个故事。"在画廊里,我不自觉地站在一幅当代画作前。

"这是一幅伊朗当代艺术画家希南·侯塞因(Sinan Hussein)的作品",画廊老板是个很年轻的艺术家,他走过来跟我们解释道。"希南在中东宗教的基础上打造出他的超现实独特世界观。画中两个人从死亡后的世界回到现实,感受人间的美好。拿着智能手机分别站在两个交通桶上头靠头自拍。头靠着头代表两人的结合与归属。交通桶代表的是生活里的限制,口里含着郁金香代表人生活中有着一些不如意的事。"

"在两人碰到现实生活中的局限和不如意时,不要忘了还有人能相互依靠,而这是人类世界里最美好的。"Justin意有所指地总结了一下,并望向了我。

"我一直想要在世界各地收藏当地新锐艺术家的作品,

伊斯坦布尔城市街景

这就当成是我的第一件收藏吧。"我躲避了Justin的视线，看向画廊老板。

伊斯坦布尔有趣的地方在于古老文化和当代生活的结合。每个角落都是故事，都有博物馆。承袭下来的传统在当代也尽量在两个不同的文化及宗教之间寻找大家都舒服的存在。

伊斯坦布尔除了给过我艺术品收藏的契机外，世界最老、最大的市集——大巴扎集市（Grand Bazaar），这个超

以弗所

过 4000 家店铺的宝藏市集更是令我大开眼界。大巴扎集市充满了中东生活的味道，珠宝首饰、地毯、香料、陶瓷等应有尽有，琳琅满目。

就这样，边走边聊，我们一路吃着土耳其当地美食。

土耳其的地理位置处于三大洲交汇处，民族文化也非常多元，因此当地美食也融汇了各种文化的特色。

由于当地穆斯林群体占了大多数，所以餐厅里基本看不到任何猪肉。米饭是最常见的主食，很多人来伊斯坦布尔会专门参加当地的美食之旅。

我们一路走一路看，最后又回到了圣索菲亚大教堂。我拍了一张照片，这座教堂融合了基督教的拱形顶和穆斯林的尖顶。不管是结婚还是独身，在这个多元的社会，都可以找到容身之处，就像是这座教堂。有这样一种说法：这个世界被分成了数不清的格子，就是为了告诉我们，总有一个格子是适合你的。

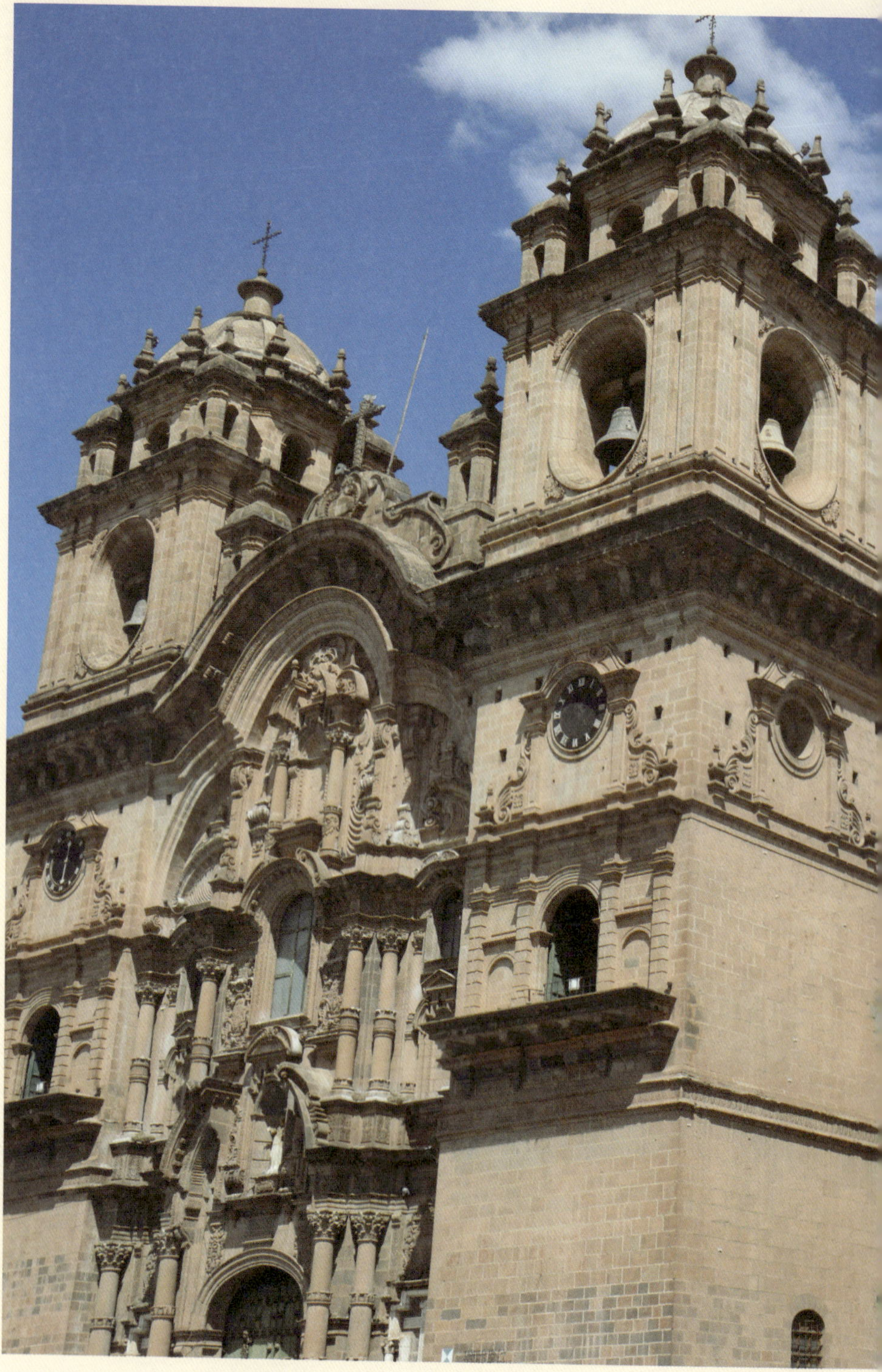

no.5 *Peru*

第五站・秘鲁

利马的美食

这些年我去过的地方太多了,七大洲四大洋,只有一些零零星星的小国没有去过,以前总是带着思考,到后来变成边走边看。我想,永远不要给人生预设太多问题,奔着答案去的人生总会错过太多精彩。

可惜,我的休息日被工作挤压得越来越少,一个去秘鲁的旅行攻略在我的手机里放了将近半年,好不容易精打细算腾出一个月的假期,我的心早就飞出了北京。

我不想自己的假日有任何一点不完美的地方,特地将工作手机留在了家里。不承想,因为抽不出空收拾东西,让助理帮我收拾,他慎重地将我的工作手机放在我的包里。

就这样,我带着30多个未接电话,飞过了大半个地球。

因为太久太久没有出来了,即使长达26个小时的飞行,在香槟的气泡里,我只觉得喜悦在荡漾,哪里会觉得无聊?

被压抑久了,只要不工作,我哪里都是快活的。现在的我一点也不想去思考工作转型期,还有所谓的在生活中找到那个平衡点,好几次与经纪人产生争执,都以我的妥协告终。

也许这就是天秤座糟糕的地方,我害怕争吵会失衡,而失衡所带来的糟糕场面会让我无比抓狂。

好在我终于从那些烦乱的事件里逃离。飞机落地,在酒店登记入住之后,沿着南半球太平洋的海岸线环绕利马市的外延,我

利马嘉年华

Astrid & Gaston 餐厅

　　看到成排的高级别墅坐落在悬崖边上，呈现出一种犹如海市蜃楼的景观，像一层朦胧的纱，又像是一层薄雾，壮丽得不似真实地方。

　　他们说这有道墙分隔开富人区跟穷人区，就像巴西一样。这里沿街过去尽是美妙的梧桐树，五星级酒店坐落在街道一角，就连呼吸的空气都分了富人与穷人，一种心灵上的厌倦在我身上沉积下来，也许我会更加热爱非洲那种自然与人达成的和谐。

　　忘了说了，我所在的城市叫作利马，这里是秘鲁共和国的首都。值得一逛的除了玻利瓦尔广场，还有缤纷的博物馆，再有就是琳琅满目、品种之多超乎我想象的美食。

　　到利马的第一站就来吃据说被评为全球前十名的餐厅 Astrid & Gastón。

　　就是这家餐厅让我飞过了大半个地球，当我在美食博主的视频上看到这家餐厅的时候,那种震撼不亚于小时候得知《红楼梦》里面的一道茄子需要耗费上百只鸡去烹饪,一种渴望根植于心,我太想去这家餐厅了。

可惜的是,这家餐厅需要提前好几天预约,我提前两天都没有预约到,第三天仍不死心的我来到这家餐厅门口转悠,谁知刚好有人取消预约,于是我非常幸运地来到这家餐厅。

刚进门就感受到了这家餐厅受欢迎的程度,敞亮的大堂里已经坐满了人。用餐区崇尚自然,四面望去处处是精心布置的绿植。环境与美食的摆盘相互呼应。

每一道食物配菜都是用花瓣配色,艳丽缤纷,美不胜收。米其林餐厅食材新鲜、餐品美味是基础要求。让

酸柠檬汁咸鱼(Ceviche)

我惊叹的是，秘鲁菜系变化多元，跟我之前所吃的餐厅完全不同！

我个人最喜欢第一道前菜，是当地名菜酸柠檬汁咸鱼（Ceviche），听说还有热的，而且更好吃。点了16道餐品配酒试吃套餐，但是因为我还没有完全把时差倒过来，才喝了几口就昏昏欲睡，现在想想真是浪费！

后来我特意学了下秘鲁酸柠檬汁咸鱼的做法。如果你们感兴趣，也可以试试！将生金枪鱼用青柠汁先腌制冷藏过后，再加上切成丁的黄瓜、牛油果、西红柿、洋葱、辣椒、香菜，最后用黑胡椒与专门制作血腥玛丽调酒用的蛤肉番茄汁（Clamato Juice）做调味。相信我，这道菜会为你打开新世界的大门！

争吵，我的出路

第二天，我赶着当地时间早晨6:00去普诺（Puno）！

在此前的两三天里我一直深受高原反应的困扰，直到我们从普诺乘坐火车前往马丘比丘（Machu Picchu）才渐渐变好。

普诺是依靠全世界海拔最高的湖泊的的喀喀湖（Lake Titicaca）而立的。

城市海拔 3860 米，对一个鲜少到高原的平原人来说，一下子到如此高海拔的地方，的确很不习惯。眼压不适，再加上时差导致的睡眠问题让我足足休整了好几天。

也就是在休整的这段时间里，我给我的工作手机充上了电，果不其然，60 多个未接电话。很快经纪人又打来了，他要求我立刻结束旅行返回北京，按照他的说法是为我争取到了新的工作机会。

"可是我现在在休假。"我继续道，"我们不是早就说过了吗，这个月我们不接工作，你也答应了的。"

"Andy，这个机会非常难得！"经纪人尝试继续说服我，"你

铁道上簇拥的小贩

马丘比丘

不想让自己的事业更上一层楼吗?"

"不,我不想。"我挂断电话,心里说不出的委屈,他毁了我的心情,也毁了我的旅行。

我配合所有的工作才换来了一个月完全属于自己的时间,如果没有这一个月可以让我喘口气的时间,恐怕我早就被高强高压的工作击垮了。

在这个行业里,我看过太多因为压力而患抑郁症的朋友,他们靠药物让自己机械地笑,哪怕是私底下,他们也失去了表达自己情绪的权利。

我坚定地告诉自己,我的人生需要一点改变,而不是一直在

MTV 中文频道，日复一日，年复一年。

我已经忘了这通电话结束后躺在床上脑子里胡乱想了什么，但是这个晚上确实是促使我离开 MTV 的原因。

在我写这本书的时候，MTV 中文频道已经结束了在中国大陆的业务，我重温了很多以前和朱珠搭档主持的视频，从中国台湾到亚洲各地，然后是中国大陆。我曾经站在舞台上面对十几万人主持一场演唱会，我也有过跟无数大牌歌手、演员一对一的采访。细细算一算，我在 MTV 十几年的时间，它确实给予了我很多。这也是我进入社会的第一份正式工作，我非常非常热爱它。

现在的我在书中坦白，向看书的你们坦白，对于这样一份热爱的工作，我为什么要离开。

让我回到当时的心境仔细剖析一下。

当时的我在台里一直在重复一项工作，那就是采访，或者说与人交流。虽然人与人各有不同，但是流程是一样的。循环往复的工作让我感受到了瓶颈，在这样的平台上，我不知道该如何去突破。当我尽可能去尝试新的风格时，却和经纪人发生更多的冲突。当时的世界（即便现在亦是如此）处在一个非常动荡的时期，日新月异的科技发展掀起来的层层大浪，让我找不到出口。

我渴望新的东西，就像我渴望外面新的空气一样。我理解我内在灵魂的纯粹，对新事物不灭的好奇心。几经权衡之下，我离

普诺市一角

开了这个自我出道以来唯一熟悉的公司。

当然这一切是在旅行回来之后发生的。休整了几天后,我的身体渐渐好转,经纪人的那通电话也被我抛诸脑后,让我好好逛一逛这座城市吧!

看啊,普诺市!

说起来这个城市并没有特别大。

整个城市建立在微微凸起的山坡上,在市区走

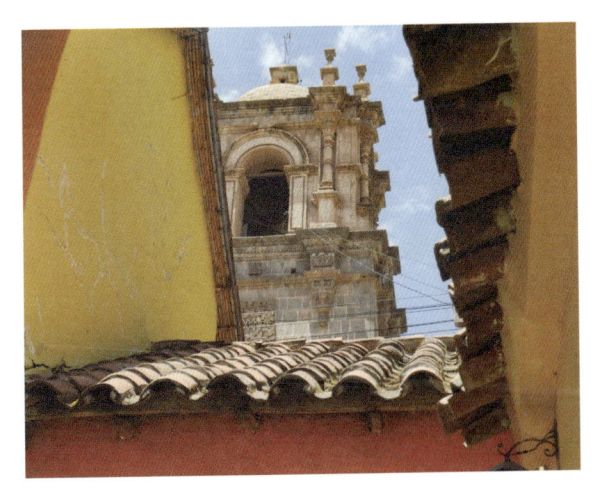

普诺市一角

动都容易缺氧到需要适当的歇息,非常像中国的拉萨,这里的第一层,也许是平原的摩天大楼楼顶了。

普诺是个旅游城市,所以有许多因为旅游爱上这里而落户的新移民们开设的咖啡厅和餐厅。内部装潢充满了当地原住民的风土民情。我喜欢这种极具特色的风格,这让我看到了世界的包容,也让我看到了另外一种生活方式和另一种可能。

印象深刻的是一个法国移民小姐,她总喜欢穿着裙子,头发松松垮垮地绑着。听当地人说她是索邦大学哲学系的高才生。在我的意识里,研究哲学的,如果不是真的热爱,那便是家里不愁吃穿。很意外,她两种都不是。

她热爱的是人,所以她想弄明白自己为什么热爱人类,在她眼里哪怕死刑犯都有可爱的地方。这些都是她亲口告诉我的。后来听她说,自己是为了糊口,然后专业就往民俗研究方向走,这也是她到普诺开餐厅的原因。

"不过还是开餐厅赚得多,特别是在景点开餐厅。"她捏着自己的绿色蛇形戒指,丝毫不顾忌地将这种明晃晃"宰客"的言论,直白地告诉客人。

说实话,她的手艺很一般,最好吃的是餐包,金黄酥脆的面包裹上厚厚的芝士,我觉得她能留住客人,芝士和她那有趣的性格功不可没。

她指引我去秘鲁的东南边去,临近玻利维亚的国界线,那里是库斯科(Cuzco),是另一番美景。

我住在普诺市中心广场旁边的酒店。

广场是市民聚集的场所,但很明显的是普诺的人口并不多。他们闲适慵懒地坐在广场周围的石阶上打发时间。因为海拔高的缘故,紫外线暴晒在皮肤上都有些灼热感,才一两天的时间,我的脸上就留下晒红、晒伤的印记。

大部分到普诺来的游客都是为了的的喀喀湖泊而来的。的的喀喀来自当地原住民语言,大意是"美洲豹的山崖"或者"酋长的山崖"。

湖泊本身是南美最大的淡水湖泊,澄澈的湖面就让人心

的的喀喀湖

驰神往，更别说湖泊上的原住民文明了。传说一千年以前，当地原住民为了躲避印加人的侵略而开始建设浮岛。他们用一捆一捆厚1.5米的芦苇草组建成50多个漂浮在湖面上的岛屿，在上面重建自己的家园。除了住家还有教堂、商店、学校等。

现今岛屿上还是有当地居民，乘坐湖泊上的小船，穿梭在岛屿间，居民们无不探头探脑出来看望来访者。有种穿越了时间与空间，在与历史对话的不现实感。

库斯科

离开普诺，乘坐十几个小时火车前往库斯科。除沿路风景美不胜收外，火车上的服务加美食更是让我惊艳！沿途经过海拔最高达4300多米的高地，可以买几只羊驼回来送礼。

沿途经过了秘鲁其他小镇。小镇的市集就在轨道旁两侧。这次本来是要住在在神圣山谷的岩壁上悬挂着的酒店——天空小屋酒店（Sky Lodge）提供绳索将人和行李吊上单独的胶囊套房。但是因为房间非常稀少，太难预订了，所以只能放弃这个打算。继续向前往库斯科的方向迈进！

库斯科海拔没有普诺的高,但是也有3400米。相对普诺来说,库斯科城市更具规模。它是在高低起伏的山丘上用石头打造的城市,但远看比普诺更加壮观。

市中心的广场向外扩散的石子路和石墙,让这座城市近千年屹立不倒。很多的商店、旅社都是外地人来这开的。城市本身就拥有许多历史古迹,毕竟一千年前这里是印加帝国的首都。后来西班牙人"到来"才建立了教堂。

就像秘鲁其他很多城市一样,库斯科也有许多好餐厅。

秘鲁菜让我惊喜连连,有机会我或许会专程来一次旅拍,让你们看看舌尖上的秘鲁。

这次我吃到的是秘鲁豚鼠,它拥有高蛋白和低胆固醇,很适合去马丘比丘前吃。

在库斯科天主教堂里的《最后的晚餐》壁画上,耶稣与十二门徒吃的就是一只四脚朝天的秘鲁豚鼠,以此可见,在秘鲁的饮食文化中豚鼠的重要性。

餐厅的中央有个火炉是烤豚鼠专用的。做法像是北京烤鸭,但是卖相却像是成都兔头。

烤豚鼠的成品看起来有点可怕。一开始我非常抗拒,在被劝说着咬下去的时候连灵魂都在抵触。可是当我真正吃到里面的肉时,直接惊叹出声了。

太好吃了吧！类似于鸡腿的口感，但是比鸡腿好吃很多，再搭配当地的玉米薄饼、土豆及蔬菜，实在是太棒了！

在抵达马丘比丘之后，朋友给我推荐了一家米其林创意餐厅。而当我抵达的时候餐厅大门紧锁，招牌上写着要晚上六点才正式营业，所以不管如何呼喊都没有人回应。

下午五点半，落日余晖铺洒在马丘比丘起伏的道路上，如同海浪一般的马路披上了漂亮的金粉色，天边的云变化着瑰丽的色彩。我安静地等待着，直到我身旁出现了一位看上去二十五六岁的年轻人，他站在我旁边与我一起等候。

等待的过程并不无聊，这个年轻人先起了话头。

火车中途遇羊驼

城景图

他问我从哪里来，我说我来自一个遥远的东方国度。他一下就猜到了是中国，更让我惊讶的是，他竟然能断断续续说出几句汉语。从他的表达来看，他非常热爱中国，与他聊天时间过得非常快。餐厅开门了。

这家餐厅的创意料理，无时无刻不透过食材和美酒打动着你。与此同时这段旅行接近了尾声。结束了马丘比丘之旅，我重新回到北京。

这次我并没有压抑着自己，而是向熟悉的MTV递交了辞呈。我终于要离开熟悉的环境，尽管不舍，但是下一个国度、下一次旅途，依然是我自己要走的路。

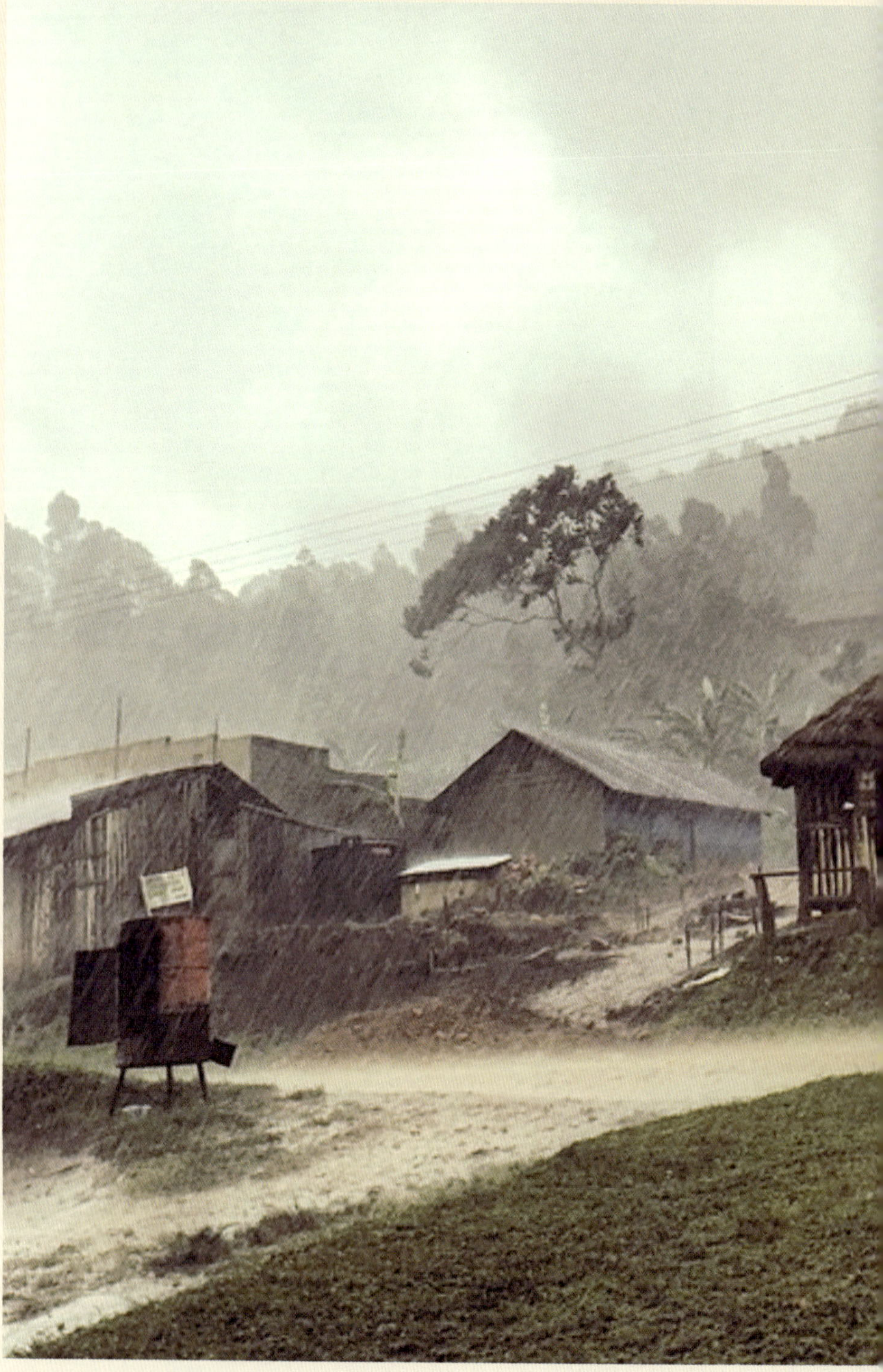

第六站・乌干达

no.6 *Uganda*

莫名其妙的旅行

从 MTV 辞职后,我依然活跃在主持界,不过不是在电视圈,而是在网络上。因为节目录播,一般会提前录制好几期,工作减轻了不少,一下子好像多出了不少时间。

我是个闲不住的人,到北京秋意正浓的时候,我好像彻底闲了下来。我坐到阳台边上,喝着白葡萄酒听艾米·怀恩豪斯(Amy Winehouse)的歌,《Back to Back》是一首应该就着烟听的歌。我立马翻出从突尼斯带回来的水烟管点上,淡淡的薄荷味充斥着鼻腔,我开始自顾自地幻想我在艾米待过的酒吧里烟云环绕,在飘飘欲仙的氛围中,我好像回到了墨西哥科巴的船上。年轻真好啊,可是我不也正年轻吗,我也依然青春啊。

乌干达，赤道地标

要不我再去趟墨西哥吧？

我迷失在烟雾中，忽然我听到一个声音飘进耳中。

"去乌干达吧……"

"去乌干达吧……"

也许人真的不应该冲动，等我反应过来后，我已经约上了朋友李，坐上了前往乌干达的飞机，明明我已经到过非洲了……

这一趟出行，我比自己想象的更倒霉。一个小时的路程耗费了五个小时，这个国家的路况糟糕到车子很难正常行走，加上我之前已经去过了大草原，这次就算导游再怎么努力调节气氛我都提不兴趣来。

无止境的车程，颠簸的道路，内心便酝

酿起一股烦躁,可是这场旅行因我的想法而起,李也是因我而来,我甚至没有理由发火。

记得小时候全家旅游时我对父亲也是极不耐烦,他们总是这里拍一拍那里看一看,而且会抗拒观光车,有很多我现在都没有办法理解的行为。但是那已经是小时候的事儿了,成年人即便烦躁也应该自己调节。

"这破路挺有意思啊。"李笑着说,"跟坐船似的。"

"是挺有意思的,感觉骑自行车或许能快一点。"我懒洋洋地回道。

"打起精神来嘛,我可是第一次来非洲。"

"没事儿,等这路过了就好了,我就是有点晕车。"说着我闭目养神,李识趣地没再打扰我,而是转头与导游聊起天来。

导游说,乌干达也是有大草原的,但是因为地理位置的关系,大草原的可看程度不及坦桑尼亚和肯尼亚。沿途从车窗两侧倒退的是一个又一个城镇和市集,还有一片茂密、深不可测的雨林。

茂盛的大树高高掩盖住蓝天和在赤道边上的乌干达本应该有的炎热。路途上没有其他的行车了,但是雨林里偶尔摇曳的树梢却透出阴森的诡秘。

和金刚面对面

我们来到了当地的一个旅游小镇,高山环绕,还有峡谷,岸边的农田在清新的空气中,也成了漂亮的风景。小镇的人口不多,能够感觉到当地人努力在破烂不堪的房舍和有限的资源下努力打造出像点样的旅游商业街。

手工艺品店、咖啡厅、孤儿们的艺术展及表演空间。

"孤儿的数量好像有点过多。"李嘟囔道,"这也太穷了,中国最苦的时候好像也没这样过。"

"我觉得中国最苦的时候应该比这苦多了。"我想了想,

当地居民

继续说,"不过中国不一样,出现了很多很厉害的人,保护了很多孩子。这里苦,很大原因是他们这曾经的总统不把人当人,甚至还会吃人。"

"那也太惨了。"李叹了口气,"Andy,你说我要不要捐点钱?"

"问问导游的意思吧,我觉得你的钱给这些孩子,没有任何用处,都会被组织他们的大人收走。"

"是的,先生,当地人为了赚钱无所不用其极,可能你看到的有一半以上都是披着孤儿的外衣赚取游客的怜悯费。"导游回答道。

李没了声,似乎很是低落,他从怀里面掏出口香糖,递给一个小朋友,小朋友没有接,而是眼巴巴地望着,用蹩脚的英语,喊:"Money! Money!"

他的英语太烂,听上去甚至有一些像monkey。李没有给钱,而是将糖收了回去,小孩自讨没趣,又奔向另外一个游客。

"说起来我在坦桑尼亚的时候也遇到过一个小姑娘,很多年了,和乌干达不同,坦桑尼亚的大人教育孩子们要靠自己才能走出草原,才能走出一条路。"我继续道,"那个时候我甚至提出想要对那个女孩进行捐助,却被拒绝,他们认为还没有到需要捐助的程度,又或者是觉得接受捐助会消磨他们的意志，苦难让坦桑尼亚的孩子们得到更多成长。"

坦桑尼亚再穷苦的村落，学校却是最豪华的建筑，哪怕在草原深处，也要尽可能地找来木头支撑起一个学堂，他们深切地明白，知识能改变命运。

而这里的孩子们被当作赚钱的工具，蹦跳着当地的传统舞蹈。欢乐的音乐下，他们一点生机也没有，只有麻木。

"这两地的孩子都很可怜。"李叹了口气继续道，"但我更心疼乌干达的孩子们，他们甚至连机会也没有，大人们早就扼杀了他们。"

"是啊，两地的孩子都很可怜。"我和李能玩到一块去，是因为我们有太多相似点，我们都见不得这种身不由己、难以摆脱的悲苦。于是将自己所剩的零钱，全部分给了孩子们。

这座小镇主要的经济支柱是深藏在山林里的灰背大猩猩，纽约人称其为"金刚"，就是那部好莱坞经典电影《金刚》。这里连民宿都有用大猩猩来命名的，比如"Gorilla Inn"。

民宿的员工说有时候大猩猩们会突然出现在民宿的阳台上跟游客们互动。出门前，工作人员确保我们没有人有感冒的症状，以免传染给这些人类的近亲们。同时，千叮

森林中寻找大猩猩的踪迹

叮万嘱咐我们"不要跟大猩猩直视","不能主动接触它们,只能在旁边观察它们。如果它们主动接触我们,我们不能闪躲",等等。

寻找大猩猩的过程,就是在杂草丛生的山林里碰运气,山上山下的导游们,拿着对讲机跟镰刀,在对话中寻找大猩猩的踪迹,并在行进过程中不断挥动手中的镰刀在和人一般高的杂草中开辟小道。在我们一行人后面还跟着一个身背步枪的保安,确保我们不会发生任何事故。

"我承认有赌运气的成分",导游边走边说,"有些游客可以见到好几只大猩猩,但是有些游客连一只都看不到。"正说着,对讲机里传来另一组导游的声音,摆明告诉我们在哪个地点附近有大猩猩的踪迹。正当我们准备转身前往时,导游突然让我们安静下来,周围的

与小猩猩的自拍照

草丛后面明显有东西在移动。

期待与恐惧同时袭来。

导游轻轻地拨开草丛，一只可爱的小金刚正在那儿吃草，它并没有被突然来袭的人类给吓到，似乎已经习以为常了。小金刚们偶尔还会跟人类互动，经过我的时候还刻意推了我一下，似乎在试探一下我们的反应。我拿着手机想要拍摄其中一个猩猩，但是除了吃草外，它都没有什么动作，所以当我移转手机要拍摄另外一只的时候，这一只突然意识到转过来推了我一下，似乎意思是"你怎么不拍我了？"所以我想人或是动物生下来都是想被需要、被注意的。当我拿起手机自拍时，不知道是我认知错误还是什么，小金刚也摆好造型跟我一起拍摄。

悲剧的开始

带着这张照片，我回到小镇上。

当地有许多的咖啡厅。我们随意挑选了一家咖啡厅走了进去。仔细看，这里除了小小的一面窗面向外面的农地，其

路边的烤串吧

余真的可以说是家徒四壁了。菜地浓浓的肥料味掩盖住了咖啡厅的咖啡味。我们在这个咖啡厅里唯一的桌子旁坐了下来。

依照习惯我和李各点了一杯黑咖啡。都说非洲是咖啡豆的重要产地，而咖啡也被称为"黑金"，咖啡豆的出口在乌国内生产总值中有很大比例。但是店员面对我和李的点单是如临大敌一般手忙脚乱起来，在吧台后不熟练地手工杵磨咖啡豆，泡出来两杯不尽如人意的乌干达黑咖啡。后来才知道虽然当地有许多咖啡厅，但是当地喝咖啡的人不多，所

肠胃炎的罪魁祸首：烤香蕉、烤串、沙拉

以对咖啡制作也没有太高要求。

咖啡厅对面是一家露天"串吧",我们点了一盘烤肉串配上蔬菜沙拉,还有当地特色的烤香蕉,拿到咖啡厅里品尝。满盘的食物,看起来还是不错的,但是我还是保守地挑选了比较熟悉的蔬菜来吃。

而此时,旅途的悲剧即将开始。

突如其来的大雨洗刷走了路面上的大多数游客,不知从哪里传来了轰隆隆的巨响,有种山崩地裂的感觉。

咖啡厅里渐渐聚集了躲雨的人们,大部分都是当地人。他们开始家长里短地聊起天来,其中一个小伙子见我们是外国人,便走过来跟我们攀谈。他的衬衫被大雨缝在了皮肤上,原本得体的衣服此刻却变得格外窘迫。但是他好像习以为常,落落大方地与我们交谈。从谈吐中能感觉到他对外面的世界和获得成功的渴望,他的眼睛写满了世俗和功利,在各种可能下寻求机会,与游客结交。

这是一个很善于投机的人,譬如问是否能在中国找到二手苹果手机贩卖给他?一直到我们回国后,他还不断寻找机会跟我们联系。

李对他一直很感兴趣,在他身上似乎看到了老一辈勤奋

雨天屋簷下的居民

朴素的生活态度，为了生活而奔波，寻找任何一点可能。李兴致勃勃地告诉我，这个人说不定会成为乌干达首富。

我泼了冷水，说可能性不大，因为乌干达这个国家是需要上供的，这个国家的人民被剥夺了富裕的权利。

恐怖岛

从这个人那里，我们知道乌干达有一座很可怕的岛屿。它坐落在宛如天空之镜的穆坦达湖（Lake Mutanda）中，而湖正中的岛屿名为"惩罚岛"（Punishment Island），它就像悬挂于附近村落女人头上的达摩克利斯之剑，审判失去贞洁或是不守规矩的女人。

这个风俗一直保留到20世纪70年代。

我们去问向导的时候，他并没有过多介绍这个地方，连带着对当地风俗的介绍也是一笔带过。他把话题引到了穆坦达湖上，告诉我们这是整个非洲最深的湖泊，也是乌干达皇冠上的蓝宝石，但真正吸引探险者的是和水怪有关的传闻。

我到过很多有水怪传闻的湖泊与河川，可能是我运气不好，从未见过水怪的一鳞一角，传闻对我来说始终只是传闻。我对那个岛屿充满了好奇，而李却不愿意陪我去。

他说家里老人说他"八字轻"，去不得那种死过很多人的地方，他在北京都不往菜市口跑，生怕沾染些不干净的东西。于是我只能和导游一起去，李就在岸边等着我。

我和导游乘着小船，往湖中的岛屿行进，热烈的阳光跳跃在幽蓝的湖面上，我心中平和，好半晌才反应过来周围已经安静了很久。

"那些女人是被驱逐到岛上的吗？"我问道。

"不全是。"向导说，"这里有一种惩罚叫作 Kisizi falls（Kisizi 意为跌落），那些犯错的女人会被绑在竹笆上从山顶抛到湖中，等淹死后再把尸体放到岛上的白骨洞里。不过后来当地人不会这么严格的执行，所以只是将女人驱逐到岛上自生自灭……"

从这一风俗兴盛起始，这片岛屿埋葬了多少女人的尸骨？

我一阵胆寒，越临近小岛，这种感觉愈发明显，头顶还是那片灿烂的烈阳，我却感受不到一点阳光的温度，无形的恐惧与荒诞感将我包围，我逼迫着自己从这种感觉里逃离，便认真地观察着这座岛。它的面积并不大，差不多是直径 15 米的圆形。岛上布满了超过一米的枯黄高草，这座岛屿上唯一一点生机是伫立在枯草间树干上的乌鸦，一声一声鸣叫。我心里发慌，只能靠呼吸调节自己的情绪。

小船继续行驶，向导扯着枯草，意图让船只找个停靠的地方。我仔细观察着岛屿，猛然发现我根本看不到这座岛屿的地面！它就像一个圆形的枯草沼泽，吞噬了那些女人的尸骨，现在也会来吞噬我们！我感觉脚腕似乎被什么东西缠绕着，身体不受控制，我对向导嘶喊："回去！我们回陆地！"

埃博拉惊魂

离开这座岛屿后的头一个晚上，我便病倒了。一个人趴在酒店发着低烧，上吐下泻。靠近那座岛屿时的恐惧一直环绕着我，李在我的旁边，担忧写满了整张脸。

"是冤魂作祟吗？"李问向导，"真的有这玩意儿？我们这种长在红旗下的人也能被冤魂上身吗？"

"最好是冤魂作祟，这样请当地的驱邪师就好了。"向导也很难过，"如果是埃博拉的话，那我们就完了。"

"埃……博拉？"李的声音提高了八度。

"你们先出去吧。"我哑着声音开口，声音破碎，好像真的病得很重了,有种风烛残年的感觉。

他们沉默地离开房间,我一个人打开手机,想给自己的家人朋友打电话,可是这个地方连信号都没有。

真到了生死时刻,没几个人能真正地做到坦然,越到了临终前,越想要有个隐私,我在手机的备忘录上敲下了我想要的葬礼还有遗言。我活着的时候尽可能让每一个人舒服,可是我的葬礼上,我不想让大家太舒服,来的人都得哭,演戏也得哭。如果这世界要真有亡灵的话,那么对那些哭得很小声的人,我晚上就去找他。我记录着这些话,甚至交代了爸妈都给我多烧点纸钱,再烧点纸唱片,如果真的出事儿了,在那边我还想与音乐为伴。

说起来有一件事情我一直很不能理解,就是所谓的冤魂,如果冤魂索命,那被索命的岂不是也变成了冤魂,被索命的带着仇恨,这笔账又该如何算的,是杀人的厉害,还是被杀的厉害。

我烧得糊涂,什么事儿都往备忘录里写,再后来我就不记得了。当然我并没有出事,也不是碰上所谓的冤魂,大概就是水土不服,吃坏了肚子。当地人见怪不怪地把我判定成肠胃炎,而李则读着我的遗书疯狂大笑。我知道这个人是损友,但我没有想到他居然会把这个东西给拍下来,还是在已经知道我是肠胃炎的情况下,尽可能地留存我的糗样。

他说他以为我是一个什么都看得很淡的人，包括生死，我开玩笑地和他说，曾经我也以为我是这样。在还没有经历到的时候，总给自己预设很多可能，比方说心态，又比方说解决办法，大家都想体面地死去，但是死亡是不会和我们打招呼的，它会像那场大雨突然降临，在那场大雨中，除了原本就在室内的人，没有谁是体面的。

当地居民与校舍

no.7 *Greece*

第七站·希腊

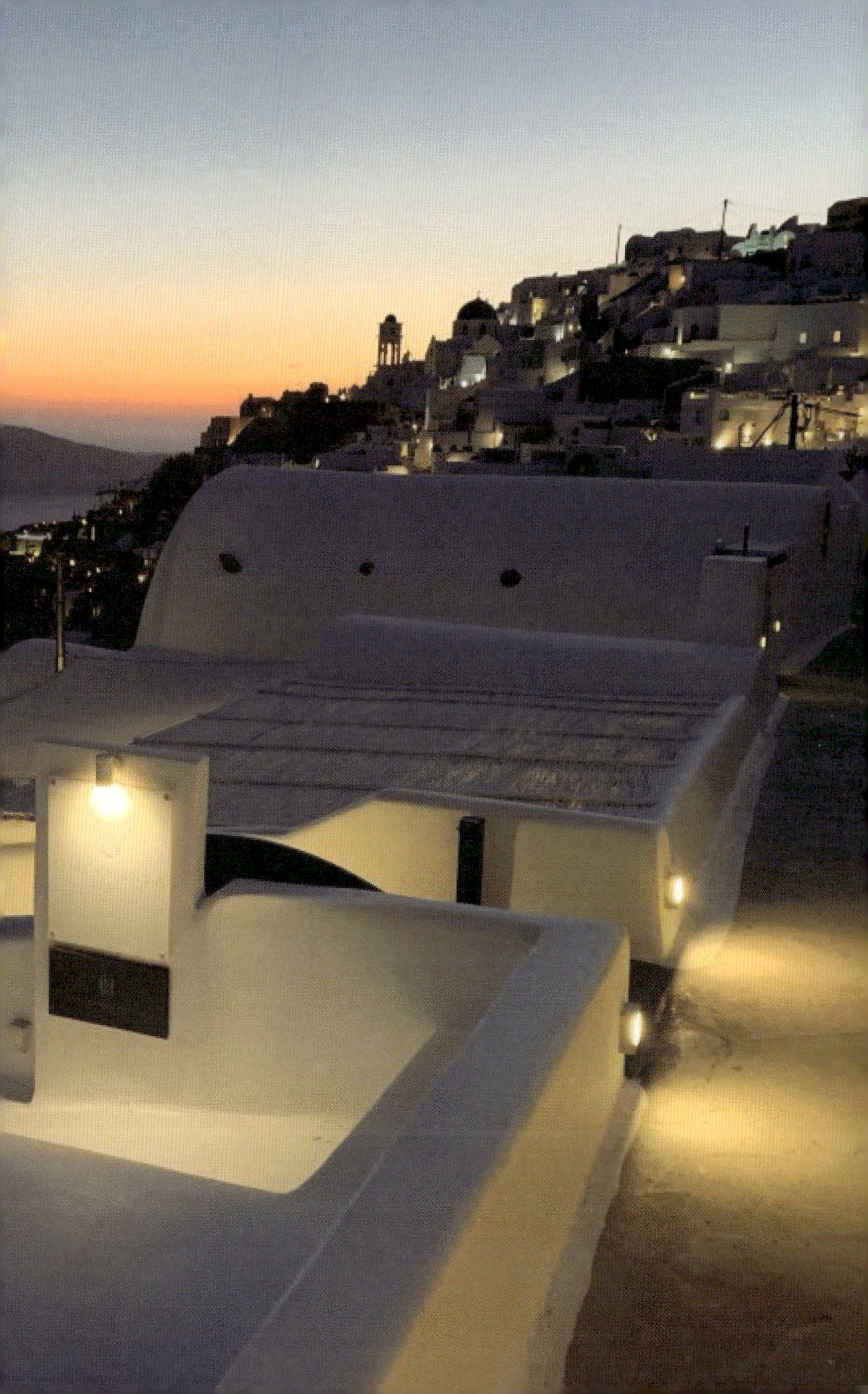

年轻的姐姐

从乌干达回来以后,我似乎染上了一种名叫非洲创伤症候群的病,这个毛病无时无刻不在影响我的生活,有的时候严重到连黑色的衣服都不想穿。好在诱因之一的李回到北京后不会和我天天见面,这使得原本无时无刻不在非洲阴影步步紧逼下的我终于得到一丝喘息的机会。

我的生活恢复到了那种慢悠悠的平静里,工作依然很忙,但总会有一些多余的时间,让我弄弄花、看看书,偶尔还能参加音乐节。

此时的我才发现自己是一个很会偷得浮生半日闲的人,仅仅依靠着这些许的裕余,我就让生活的脚本一点一点缓了下来,书、音乐、鲜花,这些早已离我远去的元素开始回归我的生活。

我知道，我在慢慢康复，我已经很久没有出现过那种一天过后满心空虚的感觉了，当然我也没有什么蓬勃的创造欲，日记本已经很长一段时间没有翻开了，我的生活就在这种不高不低的波澜中起起伏伏了很长一段时间。

我想我大概是堕落了，一时间竟又自怨自艾起来，但我又转念一想，管他的呢，我舒服就好。

当我的文字写到这里时，意外的是，此刻与当时的状态居然重叠在一起，不同的是，现在我开始经营自己的网络社交账号，分享一些生活片段，简单又琐碎，可它确实能满足我一些小小的分享欲。没有太过忙碌的工作，连骨头也在春光里懒散起来。

我记得那段时间我常喝酒，经常是午睡结束后，在软绵绵的阳光里小酌一杯，那种感觉与意境很难再找到。但生活总是不如人意的，这样的时光并没有持续太久。

那是一个很普通的夜晚，窗子外是深蓝色的天光，还有无数汽车连接而成的漫长光带。霎时间，我好像进入了另外一种状态，就像前些年被工作撑着跑似的，晚高峰带来的逼仄感即使坐在家中也能感受到。

也正是在这种情况下，我接到了一个姐姐的电话，因为知道我是一个热爱旅行的人,于是她邀请我参加他们公司的团建,地点在希腊。说实话,我犹豫了一些时间,毕竟这是跟团过去的,很多时候是要遵从团队意见的,这让我不得不收敛起一些旅行中的小任性,这会让我有些许不适。

我忽而想起了那个在秘鲁认识的女生,她是很喜欢希腊的,她曾很认真地对我说过,如果没有希腊的话,地球说不定得落后五百年。

在这之前,我对希腊的了解仅限于书本上,到底是怎样的希腊,会让她如此推崇,抱着对希腊和对那个女生的好奇,我买了一张前往希腊的机票,甚至煞有介事地随身携带了一本柏拉图的《理想国》。

我幻想着这些伟大的哲学家,就站在亚历山大图书馆门口的台阶上讲学,他们肆意去探究这个宇宙。他们自由地论证着这个世界是否有神灵,探讨精神与肉体的关系,我不止一次惊叹他们的智慧,作为西方文明的起点,如此辉煌。

虽然我也明白,古希腊的辉煌,就像被凯撒大帝焚毁的亚历山大图书馆一样,早就化为灰烟,消散在历史的滚滚长河里,但不妨碍我依然抱着一颗朝圣的心前往,就像我去孔庙参拜,孔子虽然不在了,但孔子留下的精神与哲学,流淌在中国人的基因里,哪里都是他的痕迹。

飞机开始滑行，我打开手机，意外地收到了 Justin 的信息。

"我离婚了，Andy。"

"没有关系，至少你们相爱的时候非常幸福，不留遗憾。"我用 Justin 曾经说过的话安慰他。

不被时间约束的希腊人

说实话，Justin 的状态看起来并不好。

也许他对待婚姻并没有像他所说的那样坦然，他没有再回我信息，我也没有继续追问。

我想起了我在 MTV 的日子，我有不知道多少个第一次都献给了这个节目，有很多粉丝朋友就是从这个节目认识我，然后开始喜欢我。

我觉得我和 MTV 的关系有点像 Justin 和他的妻子。我离开了 MTV，而 Justin 也离开了他的婚姻。想到这里，旅行的兴致徒然少了一半，为了不让姐姐发现我的情绪，我强迫自己调整过来。

我之前担心的事情，确实也发生了，甚至让我开始后悔为什么要跟一群人出来旅行。

  我们住在精品旅馆（Boutique Hotel），位于雅典的市中心，站在房间的阳台望去就能看到山坡上的万神殿，楼下还有几家酒吧餐厅。古典与现代在这里交汇，很方便也热闹。

  我尝试过让自己融入他们的集体，融入他们的团建活动，就像我们原本就都认识一样，可一番勉强的操作之后，我还是觉得十分不对劲，太别扭了，就像太平洋和大西洋的洋流一样，无论怎样努力，都难以融合在一起。我鼓起勇气和姐姐说打算自己玩几天，姐姐也看出了我挣扎的样子，她点了点头表示理解。

  也许是受前段时间心态的影响，哪怕在旅行途中，我也尽量让自己的生活简单起来。所以我除了吃早餐和散步便没有别的消遣。好在即使是这样的生活也让我发现了两处不错的去处，一处是雅典周日的跳蚤市场，从早上10点开始一直到傍晚5点左右结束。但希腊人做什么都是不紧不慢的，原本应该上午10点开始的市集，通常到了11点左右也还是寥寥无几，这跟我们中国的赶集完全不同。

  除此之外，就是一家坐落在山谷边上的户外咖啡厅，我喜欢在这里点上一杯咖啡，坐在餐桌边，看行人来来往往。

雅典咖啡馆

放眼望去,雅典任何一个角落都是古迹,峡谷里、山谷对面,他们尽可能多地保留这些残破的建筑,仿佛在说:"看呐!这曾是西方文明的起源,我们曾经拥有最先进的制度与最璀璨的文化。"

与中国的含蓄不同,他们张扬热情地炫耀。只是土地与人民承载的文化不同,很难说这两种文化谁优于谁。

现在还不到十点,在夏天的雅典你可以感受到太阳神阿波罗毫无保留的热情。

我坐在阳伞下,静静地享受一人时光。后来不知怎的,我闭上眼睛,仿若穿越了两千年的时光,我的面前是富丽堂皇的神庙,穿着白色棉麻的人头顶戴着编织而成的桂冠,有人慷慨激昂地阐发着自己的哲学理念,我也看到与之辩论的人淡淡地说:"嘿,你挡住了我的太阳。"我猜他一定是安提斯泰尼,那个创造了犬儒学说的苏格拉底的学生。他信仰美德是最大自足,人要懂得随遇而安,所以他让自己在雅典街头流浪,践行着自己的哲学理念。

我是被服务员唤醒的,一个希腊当地的小伙子,淡蓝色的眼珠散发着爱琴海柔和的光芒。店里没有什么人,他热情地过来寒暄了几句。

18岁的年纪对于外面的世界充满好奇,他问我在中国的生活是什么样的。透过他的眼睛，我仿佛看到了18岁时的我，享受生活，没有顾虑。

那时候的我，将24个小时安排得满满当当，上学加上打工尽管也有压力，但我很充实，我会用很多时间来享受阳光，期待未来，尽管没有很细致的打算，但是我并不迷茫。

不像现在，害怕、恐惧、却步、矛盾，占据了大部分的时间，我要不停地去消解这些负面情绪，才能保住我的正常生活。

我慢慢喝着咖啡，云朵在空中变化着形状，一会儿是山羊，一会儿是公鸡，慢慢悠悠地漂浮在希腊国旗旁。

跳蚤市场与万神殿

从咖啡店去神殿的路上，不经意间我又看到了那个跳蚤市场，本来我是不太想去的，但既然看到了，去一趟又何妨。

它的面积不算小，就在万神殿的山脚下市中心的位置，横跨几条街区及广场。有摊贩也有店面。我喜欢跳蚤市场人声鼎沸的样子，各类物品琳琅满目，像极了五星级酒店的早餐。各种选项让自己感到富足。在市场里走一圈，基本上神话故事里的人物都

雅典万神殿

看过了一遍。如果你在跳蚤市场里不知道你想要找什么，容易迷路，也更可能花费大量时间，但是没有收获。

可是，人生不就是这样吗？最大的课题就是如何在色彩缤纷的花花世界里找到自己的归属，不然就是虚度光阴，爱情、事业亦是如此。

可能是命运的安排，我在市场的一个角落寻找到一本20世纪80年代美国版《滚石》（Rolling Stone）杂志，封面是迈克尔·杰克逊（Michael Jackson）跟甲壳虫的保罗·麦卡特尼（Paul McCartney），标题是"MTV内部"（"Inside MTV"）。是的，那时的MTV还是初生牛犊，却已经在音乐圈和电视市场里掀起一片波澜。而我刚到美国的90年代，MTV就已经在几乎全部年轻朋友心目中占有了非常重要的位置。

谁能想到几年后我居然成了这个品牌在亚太地区的代表。这个世界惊奇的事情层出不穷，你最没有期待的角落带给你的无法预期的惊喜。看着这杂志的封面，一时间我不免感慨万千。

万神殿就在跳蚤市场不远处的一个山坡上，但这却是整个雅典的最高点，从这里俯瞰雅典市，可以看到大理石地面在络绎不绝的游客脚下变得更加平滑，走在上面需要格外小心。

神殿的正殿正在进行部分重建。千年前这里供奉着雅典的守护神雅典娜，据说，神像满身用黄金打造得光彩夺目。而今留下的只有神殿周围的希腊柱及上面斑驳的浮雕。浮雕经过千年风霜，外表的色彩早已剥落，剩下来的只是石材的本色，还有其他的希腊众神。即便如此，也并不妨碍它们的美。可能希腊人天生对美的敏锐度让这些雕塑一直影响着后世。在万神殿可以看出希腊建筑的整体风格，不可否认的是，希腊的艺术影响了整个世界。

如果想要细看雕塑的美感和艺术的演变，就要步行十五分钟到附近的博物馆了，在这里可以清晰地看到希腊人从部落到城邦，从埃及输入的美学再到自身的演进。

希腊佳肴

相比浪漫的巴黎，雅典是一个更为知性的城市，但两者的美食却有异曲同工之处。早在几千年前，希腊半岛就开始种植橄榄、养殖奶牛了。所以这里的橄榄油和奶制品举世闻名，餐厅里的每道佳肴美食，都清脆爽口，淡淡的橄榄油香渗透在冷热菜当中。因为希腊三面环海，所以也有许多丰富的海鲜。

食材的新鲜让美食体验更佳。最让我惊艳的是这儿的甜点——巴克拉瓦（Baklava）。一种蜜糖果仁千层酥，一口下去是

在圣托里尼岛

酥脆的，真正的入口即化，随之而来的是层层叠叠的香味通过舌尖冲上脑门。我仔细分辨着，里面有核桃、杏仁、开心果，最让人回味的应该是蜂蜜。而这道甜点的制作工序非常繁杂，一层一层的酥皮薄如蝉翼，所以哪怕是最中心的位置也是甜的、香的、脆的。

希腊美食

仅仅是这道甜点，便让希腊在我心中大大加分了。

我在家中多次尝试复刻，但总在口感上差个几分，所以就不公开食谱了。

米克诺斯

既然已经到了雅典，又怎么能不去爱琴海呢？在雅典度过了安静闲适的时光后，我和另外四个人，一起飞往爱琴海上著名的派对岛——米克诺斯岛（Mykonos）。

我们下飞机后已经接近午夜了，但机场还是一派车水马龙的样子，各种灯光冲透了整片天空，澎湃着年轻人的荷尔蒙。

来得匆忙，飞机上也不好回复邮件，所以我们错过了酒店安排的车辆，好在这里乘车并不困难。司机是一个帅哥，尽管已经年近中年，但他有一颗年轻的心脏。他除了是司机，还是一名DJ，每年一到夏天就会来到米克诺斯岛工作。DJ的工作很自由，收入也很惊人，而且他还可以开车赚些外快。

可惜米克诺斯岛一年里也只有这段时间才能感受到蓬勃的生命力。一入秋冬，岛上就只剩下当地居民和冷冽的海风相依为命了。

与这个世界上大多数地方一样,米克诺斯岛也在一个稳定的模式下循环往复,从热闹到冷清,这也是每个人的必经之路。不同的是,我们没有大循环的机会,青春不再就是青春不再,最美好的时光残酷地离开后,不会有重来的机会,哪怕再怎么保养,也只是拖延离开的时间。

不过,那又怎么样,现在阳光正好!

第二天,我们租了一艘游艇在米克诺斯岛周围绕了一圈。面对岛上传来重低音的声响,我们更享受悠闲地在甲板上睡午觉、喝香槟度过爱琴海时光。海水清透的就像是泰坦尼克号里的"海洋之心",清晰可见海底,完全没有任何杂质。

这可能是我见过最能用水天一色来形容的场景了。这里的海水与肌肤接触的瞬间有如运动过后的冷水澡,格外清爽,也是我们日光浴后降低体温的最好方式。

"你看我女朋友正在另一艘船上工作着!"我们的船长笑着说,而对面的服务员挥起手跟我们船只打招呼,"我们白天在船上工作,晚上就在餐厅里做服务员。这也只是夏天的工作而已。夏天过了,我们就回到雅典继续我们的生活。"

每个在米克诺斯岛的打工族似乎都有着一样的故事。对他们来说米克诺斯岛只是能多赚些外快的地方。这不禁让我有些伤感,对于米克诺斯岛来说,我也只是它漫长历史中的一位匆匆过客,我来看过它一下便离开了,也许这一辈子不会再来第二次。这让我感觉像是从未拥有过它一样,可我明明现在就在这里,既然一开始就注定什么都留不下,我还来这里是不是终究没什么意义。

早午餐后,海边总是布满熙熙攘攘的人群还有喧闹的音乐。在这有几家很红的餐厅及夜店,下午开始人满为患,连订位都需要动用各种关系。好在姐姐人脉广,哪怕临时起意也能预约到最火爆的餐厅——天蝎座(Scorpio)和拿莫斯(Namos)。

那些世界顶级的娱乐明星们只要到米克诺斯岛来就必定会到的餐厅,它们本身就充满着夜店的氛围。帅哥美女穿着有型、清凉非常吸引人眼球,再加上在酒精和音乐的烘托下,我也开始扭动起了自己生疏的躯体,亦步亦趋地开始舞蹈。餐桌间人与人伴随着音乐起舞,夕阳粉红色的光泽镀在帅哥美女的脸上,一切看起来是如此美好。

米克诺斯岛的风很大,海边也有许多风车,它们不停地转动,似乎在与漂泊的风挥手告别。

在圣托里尼岛

圣托里尼

　　体验了米克诺斯岛的喧嚣和热闹,我们需要好好休息一下。跟米克诺斯岛比较起来,蓝白相间的圣托里尼更适合真正的放松。这个呈环状的火山岛屿是传说中的亚特兰蒂斯。

公元前1500年,火山爆发导致地形重塑,也使得原本卓越超前的文明被深深地埋葬海底和火山灰下。

直到20世纪50年代,在圣托里尼岛才挖掘出部分残骸遗迹。不仅有鲜艳的壁画,还有三四层高的屋内设计,都展现了这里的史前文化是高度先进的。

这里的文明可以追溯到雅典万神庙建立之前。但是圣托里尼真正吸引人的是那如画般的景色。白云与蓝天大海之间相呼应的场景,蓝白相间,房屋都在沿着山坡而建的阶梯上。

每家每户的阳台面对着大海,有隐私也有景色。坐在沿海岸线而起的悬崖边的餐厅里,看着夕阳落入大海,啜饮手中的红酒。享受海鲜美食,格外美好。

记录到这里,我突然明白,书写是找回主导权,当我写下来,生活就像日记本一样,变得通透起来。那时的我并不明白这个道理,而是一直依赖外物,当然它们很有用处,从知性的雅典到热闹的米克诺斯岛,再到静谧的圣托里尼,像极了我此前的人生轨迹,人生如此充满不确定性,我并非真的迷茫不知出路,而是缺少勇气与信心。

我不确定自己会不会得到比在MTV的时候更好的事业发展,我担心自己变得平庸,可是那又怎么样?走出这一步,才能如自己所期待的那样,在迷茫的泥沼中重生,不是吗?

02.5　The Middle East

第八站·中东

四点的月光

我已经很久没有体会过睡到自然醒的感觉了，因为工作的关系，吃褪黑素等安眠产品对我来说就像吃饭一样稀松平常。我也意识到自己不能这样，长久的亚健康状态会把我的身心都击碎，到时候，无论怎样旅行，做怎样的治疗恐怕都无济于事。所以晚上10点刚过，我便把手机关了，躺在床上闭着眼与自己发狠、较劲。这种状态已经持续两周了，我每天逼着自己入睡。

慢慢的，我的脑子开始不受控制地浮现出种种光怪陆离的景象，从办公室的鸡毛蒜皮到大草原的浩瀚星空，搞得我晕头转向。

直到，我被打败。

鬼使神差地打开手机，刺眼的手机屏幕上浮出 Justin 发来的信息。

"我回美国之后,又开始思念起她。"

我认命地放弃了入睡,到酒柜拿出了一瓶从土耳其带回的酒。原本想等 Justin 来北京做客时再打开,但现在这酒只怕会让他触景伤情了。他结婚时满不在乎地对我讲,如果不合适,那我就跟她离婚好了。原来当时那样洒脱的男人,夜深人静时也会说,我好想她。

从希腊回来之后,我和他有过一次长达三个小时的聊天。

我记得他说,他们两个人决定协议离婚,是因为半年的婚姻生活让彼此都明白,婚姻并非他们真正想要的归宿。

于是,他们决定放过彼此,离开彼此。很遗憾,我用了放过这个词,在一起如果不是感到真正的愉悦,多一秒都是折磨。

可哪里有这么好的事情,你与一个你深爱的灵魂结合,你们无比契合如同命运的恩赐,但生活中难免磕磕碰碰,每一件小事都是细细密密的刺,扎进婚姻中,感情慢慢稀释,一点一点被消耗掉生机。

哪怕再契合的两个灵魂,哪怕再合拍的三观,在岁月面前全部不值一提。人是一种连自己都没有办法真正接纳的生物,更何况去接纳并不完美的另一半。

"没关系,我都理解。"

凌晨 4 点,我回复 Justin 后,手机陷入了长久的寂静。我一杯一杯地喝，直到我两眼蒙眬，月色也开始晕开，如水一般在夜幕里荡漾。

其实这一切都是我作为旁观者的感受，我见证了他们从开始到结束的整个过程，他们是在所有朋友祝福的眼神中结婚的，他们也曾经是让所有人羡慕的一对，也不知道究竟是走错了哪一步才让他们落到了现在这个境地，身为旁观者的我并不能感同身受，只能说上一句不痛不痒的"我都理解"。

等我清醒后，已经到了第二天的下午，另一个朋友发来信息。

"我们决定结婚了。"

阿曼之旅

这个消息来自一位在北京认识的美国朋友，他们邀请我参加他们的婚礼，在阿曼。新郎和新娘我都认识，他们的感情太好了，好到不结婚难以收场的地步，以至于突然得到消息的我没有半点惊讶，只觉得理所当然。

这则喜讯下面就是 Justin 的对话框，一个要与所爱之人步入婚姻殿堂，一个在深夜思念前妻。缘起缘灭，只道无常。

飞机从迪拜转机后一直飞行在荒漠之上，空姐递给我一杯咖啡，在无边的黄色之下，没有参照物的飞行显得格外缓慢。

我翻开莫言的《生死疲劳》，这本书讲的是一段生老病死投胎转世的奇幻旅程。阅读到一半，突然意识到这样的故事在中东半岛应该不会被待见。尤其故事中还有投胎变成猪圈里的猪。既然"猪""来世"与"投胎"都是穆斯林的信仰禁忌，这本书有可能在中东半岛是本禁书。正想偷偷把书放回包里时，隔壁的中东老大爷突然好奇地问我："你在看什么书？"

"心理学。"我下意识回答。

大爷看起来六十五岁上下，打扮得倒像是英国绅士，衬衣的领口熨烫平整，干净的背头让他看起来十分清爽。他请空姐给他倒了一杯香槟。

"伊斯兰国家的人不是都不喝酒吗？"我好奇地问。

"只是在人前不喝。"他看了看我，深邃的眼窝满是笑意，"别跟我老婆说啊。"

我笑了笑。得益于他，我对阿曼有了基本的认识，他的名字叫 Sinan，是一位生意人。

"Sinan 是我很喜欢的一位伊朗画家的名字。"我说。

"Sinan，在伊斯兰国家是个很普通的名字，就像你的英文名字 Andy 一样。"他挑了挑眉，"每个国家都会有类似于 Sinan 的名字,他们再平常不过了。"

"Andy 是我自己起的英文名。"我笑了一下,"我的中文名字叫陈正飞,翻译过来是 Flying Chen。"

"听起来有点像是美国原住民的名字呢。"他拍着我的肩膀笑了笑,"这可比 Andy 有趣多了。"

我没有感觉被冒犯,反而觉得 Sinan 是一个很有趣的大叔。可能是因为从商的关系,他总是往来于各个国家,这让他形成了非常独特的世界观。他与我想象中的中东人不太一样。

"我这次去阿曼是去参加一对朋友的婚礼。"他没有多说什么。聊到我现在这年纪还未婚时,他有些严肃,"在中东的文化里不太接受不婚族的说法。但是我不一样。现在人的想法不断演变进化,对婚姻也会产生不同的理解。当世界因为互联网而变得更加错综复杂时,我想人与人之间的关系就应该更加简单。婚姻更像是一种契约,决定步入婚姻就应有契约精神,把自己能承受的底线先说清楚,如果合作不成,仁义还在,成人就该以成人的方式承担自己的责任与后果。人没有下半辈子,只有把握当下,将这辈子活出自己想要的样子就值得。结婚就是 Hoping for the best, but expect the unexpected(希望得到最好,但接受意料之外)。"

"那你跟你老婆?"我说。

"是后者。"他回答道,"我从来没有说我对我老婆的情感是与日俱增，有增无减。但是这是我的命，你的命是什么你需要自己去把握。"他把剩余的酒喝掉，又叫了一杯。

在中东男权至上的文化里，没想到有人会用这种当代的视角解释婚姻。不知是我对中东文化有误解，还是我碰巧遇到了一位不那么"中东"的中东人。

婚礼

阿曼，是中东半岛最南边的和平净土，临近战乱频发的也门。如果不是朋友的婚礼，我可能再过三十年都不一定知道这个国家的存在。阿曼的城市以钢筋水泥这种现代化建筑为主，体现着传统文化的细节少之又少，偶尔在城市的角落才看到些较为传统的建筑。

首都马斯喀特周围是典型的中东沙漠地形。沿着干燥黄土山脉修建的道路上有几个绿洲形成的公园，而所谓的绿洲也就是在这一片沙漠地带有泉水涌出的峡谷，在山林峡谷间有连接着像是蓄水池般的狭长池水，祖母绿的湖泊充满生气，当地话称之为Wadi。池水有深有浅，被上万年鬼斧神功切割成的两面岩石夹在中间。想要靠近 Wadi 需要登山的体力和游泳技能，不然无法安全穿过大大小小、脚不触底的水池，很难通往峡谷的另一岸。

我的幽闭恐惧症差点就在最后那个最深最长的池水尽头发作。这末端的位置水面上只有如同一颗脑袋般大的岩洞，旁边尽是光滑的大理石岩壁。当我穿过岩洞才领略到 Wadi 的别有洞天。

为参加这次的中东婚礼我可以说是如临大敌。前文我就表白过，我本身是一个对婚礼非常敏感的人，烦琐的礼仪规矩让每次参加婚礼的我不知所措。更何况这次参加中东婚礼是在陌生的文化、环境和规矩下进行的，即便陌生感让我想要逃离，但对异域文化的新鲜好奇感还是驱使我远程赴约。

"穿什么呢？送什么呢？"我喃喃自语。

行李箱里带了一套最保守安全的西装，却又想要给自己的造型上进行突破创新。"要不换上阿拉伯的长袍与头巾？"朋友问。

马斯喀特传统市集规模远不及伊斯坦布尔的大巴扎（Grand Bazaar），没有来自世界各地操着不同口音的游客，货品也更加传统。大概贩卖些香料、纺织品、装饰品、二手古董店及生活用品等。在市集的周围有一条专门订做服饰的街道，我们随便挑选了一家，想要尝试订做一套专门穿到婚礼上的阿拉伯礼服。试穿的时候才发现，我们这些外国旅人在穿上他们的礼服、配上头巾时有多么的可笑。"我可不想在婚礼上遭到嘲讽"，我笑着脱掉衣服。最后我们还是决定穿回保守的西装出席婚礼。

婚礼相对传统。一开始男宾与女宾分开参加两种不同的仪式。傍晚5点多在当地家族的清真寺内，沿着四面墙坐满了从中国、美国、英国各地来的男宾客。我非常庆幸我们最终在服饰上的决定，因为除了新人亲属及贵宾身着传统服饰外，所有宾客无一例外地都穿着整套西装。宗教仪式开始，在女方父亲的引领下，新郎带着象征权威的刀和双方家属们步入会场，列席主位。进行简单的寒暄后，备受尊敬的伊玛目开始他的祈祷。低沉肃静的声音在音箱的传递下回荡在清真寺里。祈祷之后，身着白袍的工作人员为现场的男宾们递上咖啡和当地象征幸福美满的甜食。至此仪式结束。接着所有人起身相互交谈的时候，穿白袍的工作人员又端进来一盘一盘的食物。六七个人围绕一盘食物，开始用右手指抓起油腻的米饭配上肉酱汁，并用手指将米饭拌着油脂捏成团往嘴里送时，我对此没有任何食欲。我在旁看着各地来的宾客入乡随俗，学习用手指跟旁人共享一盘主食，象征不分你我的好客与兄弟间的无缝隙交流。我心想这可能就是我舒适圈的最后底线，无法越过。

"晚餐"结束后我们离开清真寺到达另一处的宴会厅。与宗教般庄严脱俗的仪式不同，宴会厅里歌舞升平，装潢得富丽堂皇，呈现出中东的文化之美。这时候男宾客与女宾客在伴郎与伴娘的

穿白袍的服务人员

陪伴下在宴会厅里跳起传统舞蹈。新人坐在中央垫高的、精心雕琢的金亭里俯瞰四周宾客，或是被宾客们仰望。新娘的阿拉伯传统服饰加上细节刺绣的面纱及首饰简直光彩夺目，中东人对珠宝和黄金的运用到了极致。当大家在舞池中释放热情、把酒言欢的时候，我看不见刻板印象中拘谨严肃的阿拉伯文化，反而如同世界各地的年轻人一样热切追求自己的幸福与快乐。"Expect the unexpected."我抽身走到户外去透气。

月光皎洁，这里是一千零一夜的开端，一千零一夜的主人公们都有奇妙的际遇，阿拉丁的神灯终会为谁打开，我这个茫茫旅人，身处异地他乡，期待每一个可能发生的 unexpected。

途经迪拜

阿曼的行程结束后，我顺道经过迪拜，在老朋友家中留宿两夜。她跟她老公在某个酒店顶楼买下了两层豪宅。她的婚姻更像是现代常见的婚姻，夫妻双方旗鼓相当，无论是在能力还是生活态度上都势均力敌。下午我们在空中花园喝着香槟缅怀旧日好友与消散的事物，慨叹道过往能留下来的如今依旧在身边，留不住的已在回忆的大厦中封存起来。喝到一半时，她问我："还没有心动的人吗？"

我笑道，"有，但是没有心动到让我迈入婚姻的。"

"婚姻？"她静默了一下，"你想要什么样的人陪你进入婚姻啊？"

"有契约精神的吧。"我顿了顿，"婚姻对我来说更像是契约，双方都要有契约精神，明白自己要承担怎样的责任与风险，明白自己想要什么、底线在哪儿。即便最终走不了一辈子，也不要落得不欢而散的地步。"

朋友看着我微笑道，"正飞，我想你说得对，契约才是能维系一段关系最可靠的保证。"

晚上我们去了当地最好的日料店，俯瞰着迪拜的夜景，楼下车水马龙，人声鼎沸，霓虹灯给迪拜的夜空编织美丽的幻觉。高楼林立的都市总让我回想起过去在纽约的生活，夜幕降临后的市中心，除了警车、救护车尖锐的鸣笛声，零零散散的没有多少人气。像是在平行时空里，大厦的玻璃窗冰冷的反射。

迪拜是一个由金钱堆出来的新城市。没有血肉，只有浮华的奢侈品中心和有钱就可以买到的娱乐项目。在这里就是花钱享受，也是富豪们的避税天堂。

他们好奇地询问我近期去的国家,然后说:"如果你想知道这些文明的最初的发源地,那就一定要去埃及。"

他们兴致勃勃地把埃及文化艺术如何影响古希腊及中东讲了一遍。

"好",我说,"明天就去埃及。"

短暂的埃及之旅

飞机延迟,在飞机上焦虑的我大声对空服员讲话。不是我不知道他们也同样是被动的,不是我没有同理心,不是不知道他们同时要处理众多乘客的抱怨。

我当初为了节省时间,衔接刚刚好的后续行程就可能因为这班飞机的延误而被迫改变计划。焦虑,一直以来是我不知道该怎么处理的人生课题,包括当下流行的身份焦虑、金钱焦虑、容貌焦虑。

自小父母就不知道该如何引导我,周边的人只认为我是个急性子,殊不知我只是靠发脾气来释放烦躁的情绪。

"取消行程吧。"我烦躁地想。

不可能，怎么可能让旅程因为航空公司的不靠谱而取消计划呢？说起来我也是挺任性的，明明只要等一天就可以悠闲地继续我的旅程，但此时我的内心却很坚定地告诉自己，旅程不能如此轻易地被影响到。

就这样拿捏不定之时我又喝了两杯香槟，对埃及的幻想就这样化为了商务舱里的泡影。醒来时飞机已经在降落了，我喝了一杯黑咖啡，清醒些后开始计算飞行航程时间。转机肯定是赶不上了，紧接着后面的尼罗河邮轮第一站也会错过。

错失的是埃及最重要的文明景点之一——帝王谷（Valley of the Kings）。睡前心中憋着一股想要撒在航空公司的气，在一觉醒来后却像是禅修回来的大师，冷静面对。原来睡觉对我来说那么重要，是个修行。

在机场等待下一班飞机前往也就代表错过了白天帝王谷的行程，只能期待下次再找机会前来。毕竟六千年前的依旧遗存的文明古迹比玻璃大厦、帆船饭店更值得拜访。

傍晚的飞机抵达卢克索（Luxor），这里的空气中飘散着历史厚重的味道，在我面前敞开大门，期待我去探索。

顺利的是在晚餐前我成功地登上邮轮，这是一家美国邮轮公司，前几年我还主持了这家公司跟时尚集团在中国上市时的晚宴，所以对它有所了解。他们承接了许多国际上的高端旅游项目，旅

尼罗河帆船

游地域十分广泛，除了埃及这样的古文明发祥地，也包括南极风光绝丽的地球之端。我静静地观察着每一桌的客人，这些人可能会成为接下来五天尼罗河行程中朝夕相处的朋友。可能是美国公司的原因，邮轮上除了少数的俄罗斯、西班牙人外，其余都是美国家庭。餐厅里闹哄哄的美式氛围少了些许浪漫，可能这就是为什么很多欧洲人不太喜欢美国人的原因吧，对欧洲人来说美国人或许少了些"格调"。看着隔壁桌的一对情侣在餐桌上的玫瑰花瓣前喝着香槟，想要浪漫却偶尔满脸尴尬地看着旁边吵闹的美国家庭，这画面在我看来倒也挺有意思的。

这艘邮轮不是很大，毕竟只是在尼罗河上下游走，无法和大海中的邮轮比较。尼罗河虽说是世界上最长的河流，但是年径流量仅840亿立方米，相较于中国长江的10000亿立方米，真是小巫见大巫。现场看，确实没有长江、黄河来的壮观，顶多也就是哪个区域河川的宽度。水流缓慢地向前翻涌，也令沿岸平原上的牛羊看起来更悠闲。在夕阳的衬托下更有一种平静的农耕生活景象，散发着日出而作、日入而息的情调。

北半球的初秋，夜风逆着邮轮的方向，甲板上微风徐徐，这夜美得要醉人。"因为我们是美国公司，船上大部分好酒都是美国的，还有少量的法国酒，这是当地埃及红酒，您也可以尝试下。"服务生介绍着，夜光里不好看出色泽，只觉花果香淡淡透露出青草味。不是顶级但是也能勉强过关。我礼貌性地询问了他的名字，"晚安，Walid"，我说。

有意思的是，我在邮轮上碰见了一个埃及本地人，看起来年纪已经不小。这很少见，并不是我固执地认为这艘邮轮上只能接待外国游客，而是因为在我看来，埃及本地人应该早就逛遍了埃及的美景才是，更何况他看起来还是一副成功人士的样子。

好奇心驱使着我上前打招呼，也许是尼罗河女神的眷顾，这位埃及本地人十分热心肠，而我们之间的交流也完全没有任何隔阂。

"您能为我介绍下这一路上有哪些值得观看的名胜古迹吗？"我礼貌地询问道。

"我想您搞错了，先生，虽然我是一位本地人，但这并不代表我很熟悉古埃及的文化，也许我知道的并不比您多。"他很绅士地回答道。

一股荒诞的情绪涌上心头，若这是在北京，保管北京大爷大妈们能拉着你跟你说上一天，本地人比外地人还不了解本地，还有比这更喜剧的吗？这让我意识到，也许我印象中的埃及只是我的一厢情愿，他们早就消失不见了。

古埃及文明基本上是沿着尼罗河流域延伸的。除了河边灌溉农地形成的绿地外，再往远处张望，看到的跟沙漠里的山丘差不多。每天邮轮沿着尼罗河到每个站口，旅客

卢克索神庙

千年石柱

再跟随导游游览当地古迹景点。埃及文明崇拜太阳神，日出东方，所以大部分神庙都是在尼罗河东岸，而西岸则以墓地为主。卡纳克神庙（Temple of Karnak），庙口长道边上的狮身羊头像和拥有一百多个有着四千年以上历史的石柱的石柱大厅都是1978年的电影《尼罗河上的惨案》中的场景。而在卢克索神庙门前原本有一对方尖碑，因为1836年总督穆罕默德·阿里将其中一座当作外交礼物送给了法国国王路易·菲利普一世，现在只剩下孤单的一座站在这千年古庙中。每个不经意的转角都藏着故事与历史。有些古庙甚至因为尼罗河常年河水泛滥而被淤泥掩埋在地下千年，等待被人发现。其中幸运的，得以避开时光的摧枯拉朽，待重见天日时，美轮美奂的壁画和建筑群供人观赏惊叹；不幸的，则跟西岸的墓地一样，长年在阴暗中被掩埋，逐渐化为尘土。

大部分神庙内外都有浮雕、铭文，规整地排列着，不再是书本中文字的描述，而是亲眼所见的震撼。从另一个文明古国中国的视角看古埃及，依旧佩服六七千年前在非洲大陆上有如此高度发达的文明。当周围的每面墙和每根柱子都超过四千年历史时，你会发现，人生是如此渺小。就像墓地里的装饰，不是为了给人欣赏，可能只是想要让灵魂寄托得以永生。 壁画上每个文字和图画都是文明永生的最好见证。

开罗与金字塔

　　离开了尼罗河邮轮，埃及之旅算是走完了一半。另一半在飞机抵达开罗开始。司机跟我们说，开罗曾经在 20 世纪六七十年代是世界上的时尚之都。因为当时埃及棉的品质高，开放的社会氛围和蓬勃的经济增长，再加上很多欧洲人度假都喜欢选择到埃及，促成了开罗时尚之都地位的确立。

　　因此，埃及曾经拥有世界上第三大的电影市场和产业。如今在这里只能在私人泳池里穿着比基尼，在那时的海边却是随处可见的。现在女性在开罗开车常遇到歧视，而在 50 年前根本不存在，那时伊斯兰教与基督教在这里和平相处。所以，"现在的开罗跟 50 年前的开罗没法比"。

　　我相信司机所言。说到埃及，相信很多人脑海中就会浮现狮身人面像跟金字塔。但是一说到开罗，我联想到的是历史课本里的《开罗宣言》，还有蒋介石夫妇跟丘吉尔、罗斯福在座椅上的合影。可能是我对这张照片印象太过深刻，所以在我的脑海中，开罗这座城市总是跟政治紧紧地绑在了一起。

　　如果 1943 年那时全世界最重要的几国领导都愿意飞往开罗，可见当时埃及的世界地位远远高于现在。司机静静地看着拥堵的街道，似乎这一切是那么平常。

上次我经历如此混乱拥堵的车况，好像是在泰国曼谷坐在三人座的铁皮摩托车上过新年的时候吧。早就有人提醒过我开罗交通的拥堵，但我仍然没有料到会到这般程度。司机突然说："之前我和我女朋友也在这里停留过，那天我们见面不久之后就分手了，那是我经历过最轰轰烈烈的感情了。"

"你现在结婚了吗？"我问道。

"结了，和一个普普通通过日子的女人。"司机感慨道，"你呢？看起来很年轻，结婚了吗？"

"还没。"我笑道。或许是等待太过漫长，我突然想跟这个素未谋面的司机倾吐衷肠，"婚姻对我来说，或许是束缚。围城外的我有一点羡慕那些在城内的人，但更多的应该是害怕，我害怕失去自由，害怕约束，害怕自己被捆住翅膀。"

"束缚啊？"司机若有所思，"的确是这样的啊，你要背负另一个人的情绪，对另一个人的责任，自己的人生可能会被另一个人束缚住，或许这才是婚姻的可悲之处吧。"

"对，我只有这一生能够把握，婚姻是契约，更多的是一种束缚。"

不知不觉间车流缓缓启动，司机说："你住在金字塔下的一个老酒店，叫米娜宫（Mena House），已经被万豪酒店集团收购。"

金字塔

　　米娜宫就是开罗会议时各国元首们齐聚的酒店，而那张合影的拍摄地就在酒店大堂后侧的草坪处，金字塔就在几百米外。

　　金字塔内外有些差别。就算读了书本上对建造金字塔的各种揣测，当我站在四座大型金字塔面前时还是感到壮观震撼。导游山姆把我带到唯一一处供游客游览的金字塔入口，小小两人宽的石门分为进出两个人行道。我近1.85米的身高，弯着腰，低着头，走过一段平行的石道后，就是一段长且陡峭的斜坡，笔直进入了金字塔的最中心处，也就是法老的墓穴——存放石棺的房间。在这一百多平方米的空间里，光线昏暗，屋顶高度明显比走过来的石道高了很多。石墙上没有壁画也没有浮雕，像是冰冷的石宫，除了游客走动及些许散座外，什么都没有，让人心底蒙上一层阴郁。都说这是金字塔最中心、最具能量的场地。金字塔本身就带有一种魔力与能量。除了古埃及自带的神秘感外，很多人分析，这种魔力可能是来自这特殊的形状及规模。导游说，他每次一到满月的早晨，在曙光来临前便会带着一批人"偷渡"到金字塔墓室内静坐冥想。有很多超乎想象的体验在他眼前发生。这也解释了那些我看到散坐在墓室内的游客。他们不仅仅是坐着休息，更是希望能吸收到一点能量吧。但是我就把这些话当作城市传说听听就好了。

不过，的确有很多人来金字塔寻找能量场，包括我在酒店里也发现，有许多来自欧美的游客不只是来观光，更多是前来做灵修、体验瑜伽课程。早晚餐前后，都会有一些身着瑜伽服、带着瑜伽垫的男士女士们聚在一起，我有股想要加入他们的冲动，想要透过瑜伽舒展净化繁杂的都市情绪。但是我总会被桌上的水烟吸引，无法自拔地坐在原地，点一瓶香槟，搭配果香味的水烟，遥望晚霞下的金字塔，像极了20世纪初来到开罗的考古学家们吧。

在埃及

说起来,埃及人是很喜欢抽烟的,尤其是抽水烟,在各条街道、餐厅、酒店、酒吧,都有水烟的踪迹,也有颜色各异的水烟瓶杂乱地陈列在酒店餐厅外的桌边,市集里琳琅满目的各式水烟筒令游客们眼花缭乱。

我挑选了一只很有当地特色的水烟筒当作这次来埃及的纪念品,可以放在家中当作装饰。

走出酒店,凌乱纷杂的都市氛围便迎面袭来,最让我不能理解的是那破碎不堪,完全无法遮挡风雨的危楼,在一层居然还有店铺在营业。在参观完埃及国家博物馆后,我决定在市里走动下,体验当地生活,并看看是否能找到什么好的艺术品。

街道上很多人与我擦肩而过,夕阳余晖中,人们来来往往都有一个归宿,或许这就是奔赴的意义。那么值得我奔赴的那人,会在哪一个灯火阑珊处与我相逢呢?

no.9 *Ethiopia*

第九站・埃塞俄比亚

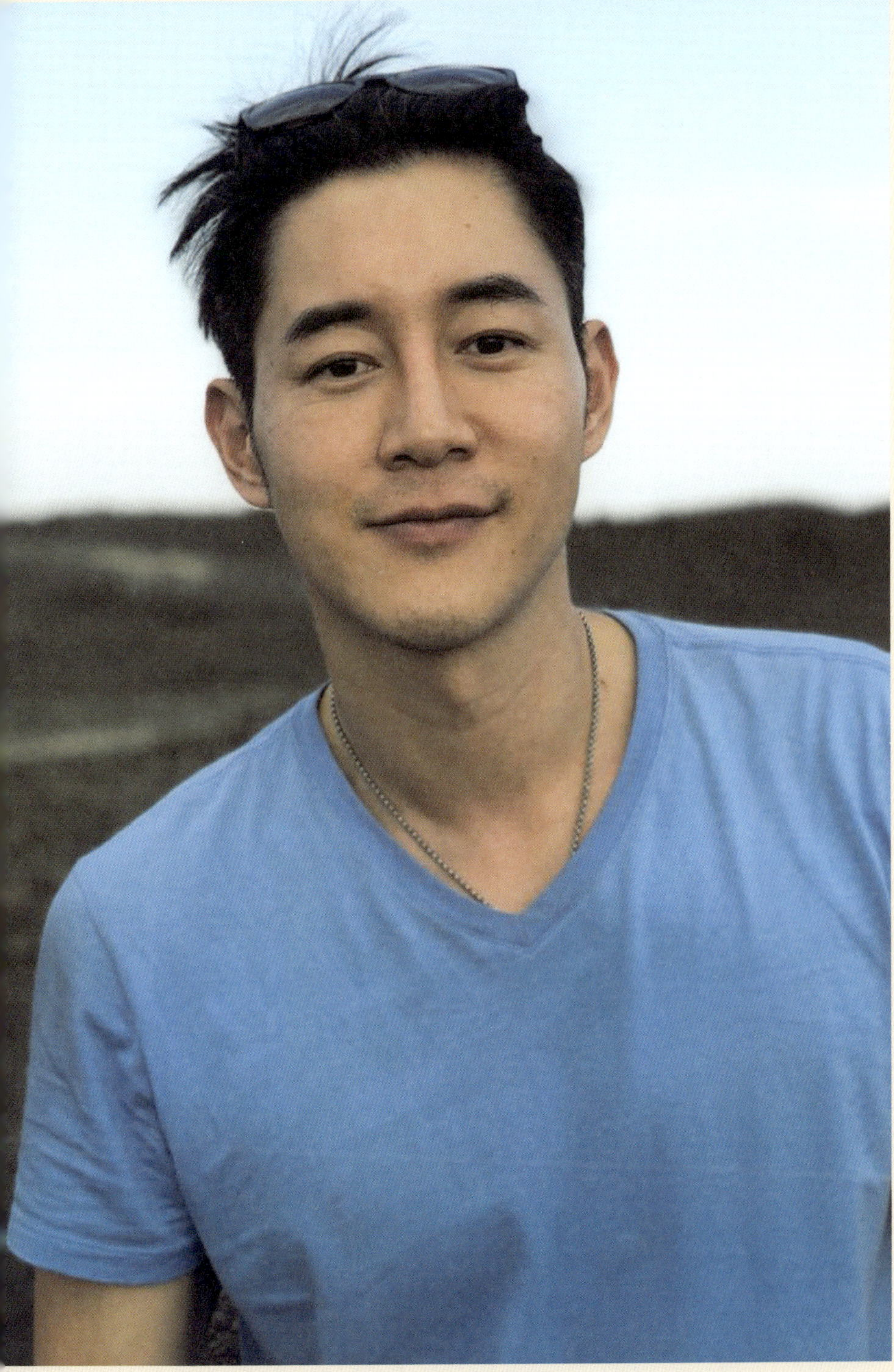

疲惫的生日

生日对我来说从来就不是什么值得大书特书的日子，我在这一天出生了，仅此而已，相比较起办生日派对，我更愿意在忙碌的时间里抽出一会儿给妈妈打个电话，感谢她在许多年前费了半条命只为生下我。

我的生日就在十一假期的前两天，国家生日的意义大于我过生日。如果没有工作安排，我都会提前两天出发休假，顺便过一下我的生日，如果我的朋友们在我生日这天给我准备了惊喜，我还是会开心。也许我的本性就是如此执拗，不希望自己被记住，又渴望自己被记住，又或许这是所有人的通病，但是我从来没有想过生日会在遥远的非洲大陆上度过。

飞机抵达埃塞俄比亚的亚的斯亚贝巴，这个机场已经来了几

亚的斯亚贝巴

次了。第一次是转机到坦桑尼亚,后来转机去了乌干达,中间到毛里求斯度假。所以我感觉埃塞俄比亚很熟悉,但是却从来没有进入国门。但这次不一样,我踏进了这片国土。

乔恩给我打电话,问我生日在哪里过?

因为酒店网络不好我就急急忙忙地告诉她,"他们说为了庆祝我的生日打算在亚的斯亚贝巴最好的餐厅订个位子。"

"又是非洲!"本来想要对乔恩抱怨几句酒店设施的。但是看周边朋友们都很兴奋地要帮我过生日,我也只好把我对生日期望的落差给活生生咽了回去。

这里是埃塞俄比亚的首都。

人口有350万左右。夜晚六七点,颠簸的石子路上完全感受不到一个首都该有的城市模样,只看到沿路平房的一层酒吧前零散的店员,惺忪地在路边等待客人。

生日之际,飞了大半圈的地球,却有种"下雨天看窗外"的孤寂感。心下暗想,我为何要如此糟蹋自己,过个生日也不能好好享受,来这破烂的街头去个自己没有兴趣的餐厅。随后冷嘲自己,这就是当初承诺愿意将生日惊喜交给别人的代价。

我相信他们已经尽力了。

在这个城市里最好的餐厅,舞台上有一群舞蹈演员表演着当地舞蹈,他们还特别准备了一个大蛋糕和一瓶香槟为我庆生,就这样开启了我的十一长假之旅。其他我是不太记得了,唯一记得的是,我带着僵硬的假笑跟身边其他游客分享着当地甜到不行的蛋糕。

心中五味杂陈地想要离开,不仅仅因为这个餐厅,也因为这个国家,打心底觉得是种折磨。

这不是我想要的生日,简直差得太远了。

非洲之行

回到酒店闷闷不乐地想着怎么度过接下来的几天,本要发微信给乔恩,发到一半想说算了,人都来了,还不如好好享受当下度过每一天吧。

我给还在非洲的 Michael 发了信息,这些年他一直穿梭于非洲大陆,记载着这片土地的变化,他把行程安排发给我,运气好的话也许我们会在机场相遇,他并不打算特地来见我,他的时间很紧凑,辗转于各地,他想记录更多的故事。

我在静谧的夜里入睡,又在街头野狗的狂吠中醒来。于是便想重新认识下这座城市——亚的斯亚贝巴。

P. 222

祖孙二人

除了 20 世纪 40 年代，为庆祝战胜意大利法西斯和埃塞俄比亚解放而建立的圣三一大教堂适合拍照外，这里还有整个非洲最大、超过 7100 个商铺跟 13000 名雇员的梅尔卡托（Mercato）市集。浓重的商业气息在一条条水泥街道及铁皮屋檐下展现出非洲的生命力。看得出来，这是许多其他非洲国家或地区来采购日用品的市集，从锅碗瓢盆到洗发水、沐浴露，充满了生活气息。

但是这跟我想象中非洲版的土耳其 Grand Bazaar 相去甚远。

来到亚的斯亚贝巴还可以参观存放了 350 多万年前的人类化石——露西的国家博物馆。这博物馆我完全没有任何评价的话语权，只是因为博物馆不知何缘故停电，所以我被挡在门外错过了祭拜祖先的机会。

但是真正开始埃塞俄比亚的旅程应从隔天我穿上中国国家队运动外套才正式开始。

可能因为"一带一路"的关系，穿着中国字样红外套的我在街头特别受欢迎。

不少人向我挥手，嘴里喊着 China。但是这种受欢迎的程度并没能解决电池受损的问题。接下来的行程如果没有相机的记录我害怕会遗失记忆。

虽然没有信号，我仍然紧紧握着自己的手机在颠簸的道路上行走。这是一段既厌恶又期待的行程。

厌恶是因为旅程很是折磨人，却又充满期待，这是一个第一次，也可能是最后一次的旅程。颠簸这词来形容接下来的道路可能都太过平淡了。

失望的旅行

行车路线在地图上显示不长，却需要五六个小时的时间。我们坐的吉普车轮胎直径超过 80 厘米，洋洋洒洒地横跨由高低不平的大石头组成的"平"原，坐在车中的我们好比坐过山车。

上下左右不停摇晃让我的脊椎骨不断地打乱重整。

室外的空气在没有任何树荫和建筑物的遮挡下异常炎热，这绝对不是我的脑袋所能想象出的生日场景，"折磨"是我唯一的感受。

就在夕阳落山前，我们抵达了一个个小木屋组成的村落。小木屋可能都是非常奢侈的定义，由木头搭建的帐篷可能更加贴切。这是一个补给站，一个让人饮水、吃晚餐再继续上路的休息场所。

夜幕降临，没有了日晒，温度下降了不少，接下来的路程是徒步登山四个小时。

从晚上七点开始，我们一行十人，除了游客及导游外，另外

火山口

有两名身着军装端着 AK 冲锋枪的武装军人跟随着。我才知道，在 2012 年 4 月的时候，有武装分子对游客发动恐怖攻击，导致五人死亡。直到现在当地都是重兵把守。爬山途中没有人说话，大家都聚精会神地用手电筒照着脚下，躲避偶尔出现的仙人掌和矮小的灌木丛。月光下，灯照区域外隐隐约约能看到周围的地形，除了脚底下的石子声，那是一片没有声息的死寂，以及山坡枯树的剪影。

在黑暗中摸索了三个多小时。突然间一股刺鼻的浓烟扑面而来，浓烟随着风一阵阵袭来。浓呛的硫磺味，让呼吸都成为一种奢侈。我们将早就准备好的口罩、呼吸器、氧气罩、围脖拿出来戴上，为了挡住那一吸就呛的浓烟。越到山顶，浓烟也越浓厚。原本还能看到一些植被，现在却只剩下荒芜尖刺的岩石踏在脚下咯吱作响。

站在 610 米高的山顶往下看，一面是我们爬过的山坡，而另外一面就是火山口了。尔塔阿雷火山（Erta Ale）位于埃塞俄比亚阿法尔州境内，是地球上仅存的五大熔岩湖之一。

黑暗中，浓烟从四面不定时地飘来，在烟雾的空隙中可以看到背后岩浆湖在火山口里奔放地向上喷射流动，就如同用望远镜看着太阳表面一般，在黑夜的浓烟中我无法判断跟岩浆表面的距离。火山低沉的怒吼回荡在火山口，令人毛骨悚然。这是"地狱"

的声音——这是我唯一能想到的比喻。

当晚,我们在火山口边上的一个营地落脚。在火山岩碎石子上铺上薄薄一层垫子,大家各自展开睡袋勉强找个角落席地而睡,在火山口山顶上仰望星空。旁边扛着步枪的军人巡视着,生怕出什么意外。除了偶尔的烟雾飘过让呼吸困难外,一夜倒是平静。可就在要进入睡梦之际,突然近在咫尺的人接连着开始尖叫,不知状况的我也从垫上跳起,脑海里瞬间出现了狮子攻击、恐怖攻击等各种画面,心跳从平静到急速跳跃。那种瞬间的恐惧,动员了身边所有的人警备起来。

原来只是一只老鼠从他们入睡时的脸上走过,吓得他们每个人花容失色。

这夜的烟雾太大,无法看到整个岩浆湖的容貌,但是却让我留下深刻的印象。隔天一早我们下山前往最热的地球表面,还有最大的盐湖。

充满惊喜的蒙巴萨

离开埃塞俄比亚后,我们飞往肯尼亚首都内罗毕。我们从内罗毕出发，大概一个小时的车程就来到蒙巴萨（Mombasa）。这里没有了城市的拥塞，蒙巴萨是个海港城市，相对更为慵懒，有点泰国普吉岛的感觉。

主干道旁除了零零落落的商店外就是茂密的树林。在没有预警的情况下，车子从主路突然转进林中小道。没有标识，也没有招牌，偶尔还能见到猴子在树梢开心地跳跃。走了差不多5分钟的路程，一个闸门映入眼帘——这是间与世隔绝的民宿。

一个充满非洲风情的大堂，到处是非洲的工艺品。老板是一对意大利夫妇，在意大利做奢侈品生意，因为偶然的机会到了蒙巴萨定居，并且开始了他们的非洲生活。除了这家民宿生意外，他们还帮游客做些非洲大草原旅游规划，以及艺术品买卖的工作。他们将意大利享受生活的方式与细节渗透在民宿的各个角落。

意大利跟中国一样，是非常重视家庭的。虽然民宿里有四五个房间，但是每次只招待一组客人，因此特别适合全家旅游。管家与服务员总是很好地拿捏服务距离。那时候布莱德·皮特与安吉丽娜·朱莉还在一起的时候，曾经全家来这间民宿度假。老板娘跟我们说，他们将三间民宿全部包下。一间给孩子，一间给助理，还有一间给他们自己。因为民宿是在沿海的小山坡上，十分隐秘，所以狗仔队那次租了船在海上拿着"长枪短炮"也都没怎么拍到民宿内的情景，民宿因此闻名。在我们离开一周后，维密的老板

在蒙巴萨民宿

带着名模们来这度假,似乎这就是个名流们喜欢的度假胜地。但是住过之后,我便能理解为什么他们选择这里了。

虽然大海就在旁边,但是这次经历过埃塞俄比亚那一遭后,我更想到泳池旁放松自己。喝杯咖啡,看看书,晒下日光浴,似乎就已经满足了我所有的需求。这是彻底的放松,弥补我在非洲还没有完全倒过来的时差,以及免疫力下降,再加上攀登尔塔阿雷火山导致满脚的水泡。在这种对比下,我宛若突然间坠入天空,过上了仙境般的生活。下午睡个午觉,可以让司机带着我们到周围找些工艺品、艺术品作为纪念。傍晚回到民宿,管家准备好意大利起泡酒跟红酒,以及各种意大利美食。

老板娘邀请我去她家坐坐,说我很合她的眼缘,她见过那么多名流,不知我哪里让她觉得很合拍。我笑着答应了,跟随老板娘进入一间民宿。这间民宿和别的相比明显不一样,里面充斥着浓浓的意大利风情。和外面的纷繁杂乱不同,这里精致小巧。老板娘给我倒了杯酒,问我这次非洲之旅有什么感触,我看着杯中金黄的酒液,笑着说:"这次旅行完全是意外之举,虽然我很排斥这里脏乱差的卫生条件,但是这里又充满野性和力量,让我感受到了生命的力量和浓浓的非洲风格。惊喜总是伴随着意外发生,令我感到期待又忐忑。"

老板娘开怀大笑:"没错,惊喜的背后总是有一些遗憾的,但是也正是因为这些瑕疵而让我们更加鲜活，让惊喜更加有趣。"

我向她举杯："没错，不完美，有时会让我们对所有美好更加珍惜，不完美也就更加有意义了。"我们将杯中酒一饮而尽，我向老板娘告辞，回到住处好好休息了一夜，准备迎接下一个惊喜。

人生何处不相逢！

让人惊喜的是，我真的在机场遇到了Michael，他背着相机，拉着一个破旧的行李箱，瘦了很多，眼睛却闪闪发光。

"我很喜欢非洲。"他兴奋地说，"这片土地承载了太多，我以前不懂这话的真正意义，后来看的地方越多就越能理解《科学》杂志说，我们都是从非洲走出来的人，这里对全人类来说都是根。"

提到他感兴趣的，他开始喋喋不休起来，似乎这些话压抑了很久。我注意到他拍摄的相机老旧，衣服磨损很严重，甚至袖口处还有卷边。这些年他的物质条件不是很好，可他依然很开心，似乎这些外在的东西对他来说并不值得苦恼。

他变成了一个纯粹的艺术家，就像我曾经期待自己变成的那样。后来我在物质满足里面寻找到了自己生活的意义，想要更好的生活条件，去帮助我追逐梦想，于是我得到了更好的条件，却把梦想弄丢了。

北京有很多玩乐队的，他们在后海的酒吧唱歌，有演出就去，没有演出就在出租屋里写歌。也许他们还会去卖唱，在商场门口，早些年能见到，这几年越来越少了。

Michael 还在说着他的理想："后面或许我会出一本影集，也许像阿列克谢耶维奇（Alexievich）那样，出一本又一本关于非洲的书。纪实文学你知道吗？"

"我会去看看的。"我望着他，就像望着二十多岁时的自己，"我很期待，你会完成自己的理想的。"

"是啊！"他把一张非洲小孩的照片塞到我手里，大方地签上了自己的名字，"也许 50 年后我也获得了诺贝尔文学奖，这张照片一定会非常值钱的。"

至今，我仍然保留着这张照片，他与我选择了完全不同的路，没有向生计妥协，我期待他有长远的未来，能够到我够不到的蓝天。

后 记

其实这些旅行的经历和感受，我原本是不打算写出来的，毕竟说到底这些旅行只是我个人的心路旅程。我本是一个没有窥私欲或者被窥视欲望的人，现在一笔一笔将它们写下来，就像是一点一点将我的心掰开揉碎了展现出来。而之所以要将这些旅程写进书里，大概我自认为是一个孤独的人。

或许每个人生来就是孤独的，也许有人要反驳我。每个人的身边有各种各样的人际关系，他们会是你的父母，会是你的亲人，会是你的同学，你的朋友，甚至你的敌人；他们会帮助你、爱护你，也会让你挫败，让你成长，有这样一张社会关系网在，怎么能说人是生来孤独的呢？人毕竟还是社会动物，这话没错。但我所说的孤独，是超脱于社会关系之上的。

就像世上不能找到两片一模一样的树叶那样，每个人的人生轨迹都是不一样的。每当面临重大的人生抉择，你可以听从长辈、朋友的意见，但最后拍板的还得是自己，而每一个选择都会将你带向不同的未来。这还是在你有的选的情况下，人生很多时候是没有选择的，明明谁都没有做错什么，但事情还是走到了这一步。这种时候无论什么办法都显得苍白，被逼无奈的你只能自己选择。我本不是个相信命运的人，相较于命运的安排，人定胜天听起来更加浪漫，这也是铭刻在我的文化血液里最宝贵的精神财富。

可不是每个人都能拥有这样坚定不移的勇气，不被世俗裹挟着在泥潭里打滚已经是一件十分了不起的事情，就像罗曼·罗兰说的那句话一样，"There is only one heroism in the world: to see the world as it is and to love it"（世界上只有一种英雄主义，那就是认识生活的真相并依旧热爱它）。这也是我此前诸多旅行所尝试寻求的答案。当然，寻求这个答案的过程也很重要。很多问题，其实我们早就知道答案了，但人生不仅仅只是有答案就可以了，解题的过程同样重要。

除此之外，我们都是彼此的旁观者，就像我见证了一对对男女的分分合合一样，他们同样也见证了我的起起落落。也许我们在彼此艰难的时刻可以抱团取暖，但在对方做出重大抉择的时候，哪怕不理解，哪怕不明白，哪怕觉得可惜，也只能拍拍对方的肩膀，给他递上一杯龙舌兰，说上一句："没事，我理解。"其实我们不能理解，只是我们知道的，他们也知道。

正是因为人生中充满了这样的抉择和不确定性，所以我们每个人都是不一样的，每个人都是独立的个体，才会有"自古圣贤皆寂寞，惟有饮者留其名"。正是因为不一样，正是因为孤独，所以我们渴望被理解，渴望被认同，渴望在别人身上找到共同点。我们来到这个世界上，是孤独的，是痛苦的，但是我们可以通过表述自己的心迹，达到心灵相通的目的，所以历史上才会有浩如烟海的文艺作品，他们可以是文字，可以是雕塑，可以是建筑，可以是画作，是音乐，是美食，是服装，是工业产品，是包罗万象的生活结晶。仔细去看，仔细去听，仔细去感受，千锤百炼，总有一锤与古人心意相通。所以我们感受生活中的美好，就是在跟他人进行对话，试图让彼此了解，以此证明自己并不是一个孤独的人。

这就是我耗费时间写下这些文字的原因，我的人生自有我的轨迹，但我的轨迹也许是你，或者也是你未来将要做的事情。所以现在我将这些文字写下，将我剖开摆在你们面前，你们现在看过之后也许就会忘却，但当你们也遇到我所遇到的事情时，也会想起此时的我。你会想起我曾经做过的一切，也许你做了跟我完全相反的选择。再也许你做了跟我完全相同的选择，那么在这一刻，我们便心意相通了，那么这就证明了我是正确的——我们终究不孤单。

　　当然，除了上述这个看起来高级的理由，忠实记录我所看的一切，提醒我时刻不要忘怀过往的感受，也是这本书的使命。在经历这一切之后，我愈发觉得人不应该一辈子困守在一个地方。我们是自然的精灵，我们生而自由，除了可以选择自己的人生道路，也可以选择自己想去的地方。我这么说，并不是要怂恿大家抛弃生活，眼里只有诗和远方，而是当你遇到困境的时候，也可以想想是否要换一个地方看看，那么多山水虫鸟，那么多人文风景，总有一点、一刻能给你启发，总有一个地方能让你感受一些不一样的东西。而这些不一样的经历，这些不同的人，到最后都会化作你我前进路上的动力。

　　寄蜉蝣于天地，渺沧海之一粟。

　　人生而渺小，但因为渺小，所以自由就是无上的宝藏；人生而孤独，所以情感就是沟通的桥梁。命运弄人，所以要坚定信念相信自己能够改变，感到生活乏味后就更要热爱生活。每个人都应该做生活的勇者，踏出属于他的哪怕一小步。

〞感谢〞